強面の純情と腹黒の初恋

Sachi Umino
海野幸

CHARADE BUNKO

Illustration

木下けい子

CONTENTS

強面の純情と腹黒の初恋

随分と顔立ちの整った奴がやってきた、というのが双葉《ふたば》の第一印象だった。

今年は桜が咲くのが早い。入学式まであと一週間あるというのに、職員室の窓から見える桜の木はすでにちらほらと花を散らせ始めている。

まだ生徒たちが登校していない四月の初日。朝の職員室では今年からこの高校に赴任してきた三人の職員が自己紹介をしている。今年は他の学校から異動してきた者が二名、新任が一名だ。その中で一等年の若い青年を眺め、あれは女子生徒たちが放っておかないだろうと双葉は密《ひそ》かに断定する。周囲に視線を向けてみると、隣に立つ同僚の女性までもが熱心に彼の顔を見詰めているようだ。

ひと通り挨拶《あいさつ》が済むと、教員たちは軽い拍手の後ばらばらと席に着き始める。双葉もキャスターつきの椅子《いす》を引いたところで後ろから校長に呼び止められた。振り返ると、校長の背後に先程前で挨拶をしていたやたらと見栄えのいい青年が立っていた。

校長に促され一歩前に出た青年は、端整な顔に優し気な笑みを浮かべ、双葉に向かってぺこりと頭を下げた。

「今年から採用されることになりました、梓《あず》馬《ま》俊介《しゅんすけ》です。担当教科は英語です。よろしくお願いします」

律儀にも先程と同じ挨拶を繰り返され、双葉も軽い会釈を返す。向かい合ってみると相手は随分背が高い。男性の平均身長はある双葉の目線よりかなり高い場所にあるその顔を見上げ、双葉は軽い瞬《まばた》きをした。

（……思ったほど緊張してないんだな）

これまで双葉が見てきた新任の教師は皆ガチガチに緊張していたものだが、梓馬は肩に力が入った様子もなくゆったりと笑っている。新卒採用でないとはいえ、職員室の独特の空気に呑《の》まれないとは大したものだ。

この職に就いてからもう七年も経《た》つ自分の方が未《いま》だに慣れないと思いつつ、双葉は猫背になりがちな背を意識して伸ばした。

「二年五組の担任で、数学担当の、黒沼《くろぬま》……双葉です」

名前を口にするときわずかに声が詰まるのは双葉の癖のようなものだ。

双葉は名を名乗るのがあまり好きではない。双葉という可愛《かわい》らしい響きと自分の容姿がまるで合わないからだ。

無精にもバラバラと伸ばした長い前髪から覗《のぞ》く剣呑《けんのん》な目と、別段不機嫌なわけでもないのに気を抜くと勝手に寄ってしまう眉間《みけん》の皺《しわ》。直そうと思ってもなかなか改善されない猫背のせいで下から他人を睨《にら》み上げる格好になってしまうことも少なくなく、詰まる話が双葉は非常に見た目の柄が悪い。

だから大抵の者は双葉の名を耳にすると困惑した表情で黙り込む。似合いませんね、と笑い飛ばしてしまうには双葉の放つ雰囲気は不穏だし、だからといって素通りできないほど名前と外見にギャップがありすぎる。

いつものことだと諦《あきら》めの混ざる思いで頭を下げた双葉は、見上げた梓馬の顔を見て再び軽い瞬きをした。

梓馬は双葉を見下ろして、先程と同じく穏やかに笑っていた。目元を緩め、唇に笑みを含ませて、双葉の名前に違和感を覚えた様子もない。

自分の名前を耳にして動じない人物は珍しい。もしや聞き逃したのだろうか。自分でも、あまり声の通りがよくないことは自覚している。

もう一度繰り返すか否か迷った双葉だったが、それより先に梓馬が軽く頭を下げた。

「二年五組の副担任として、一年間黒沼先生とご一緒させていただくことになりました。何かとお手数をおかけしますが、ご指導のほどよろしくお願いいたします」

梓馬の動きに合わせてふわりと甘い香りが鼻先を掠《かす》めた。香水だろうか。瑞々《みずみず》しい、さっぱりと甘い匂いだ。最近の若い輩《やから》は身なりに気を使っているんだな、と思いかけ、直前で梓馬が同じ年であったことを思い出す。

事前に校長から聞いた話によれば、梓馬は大学卒業後数年間塾で講師を務めていたそうだ。年は自分と同じ二十九歳。梓馬の態度があまりに礼儀正しいので、すっかり後輩でも相手にしている気分になってしまった。

三つ、四つ年の離れた同僚ならこれまでも何人かいたが、同じ年というのは初めてだ。しかもその指導を自分が任されている。実を言えば、新人指導も初めてだった。

（……なるべく親しくなりたいもんだが）

双葉への挨拶を終えた梓馬は、すでに周囲の教員たちへの挨拶を始めている。誰に対しても気持ちのいい笑顔を絶やさず、他愛のない質問にも歯切れのいい言葉で返す梓馬は世にいう好青年の姿そのままだ。

（…………親しくなれる、か？）

あまりにも自分とは放つオーラが違いすぎてしりごみしそうだ。誰からも遠巻きにされる自分とは対照的に、梓馬の周囲には放っておいてもたくさんの人が集まってくる。

誰かが梓馬に、後で校内の案内をしようと言っている。双葉は一瞬口を開きかけ、でもすぐにそれを閉じた。案内なら自分がしようと思っていたのだが、とても名乗りを上げられる雰囲気ではない。

（まあ、いきなり親切にするのも俺のキャラじゃないし……）

大学時代、ミステリー研究会に入っていた頃のことを思い出す。あまり人数の多い会ではなく、双葉の後に入ってきた新入生はたったひとりだった。他の先輩の手を煩わせるのも悪いからと新入生の世話を双葉が甲斐甲斐《かいがい》しく焼いていたら、後でその新入生が青白い顔で周囲にこうこぼしていたそうだ。

『なんか、黒沼先輩がやたら優しいんだけど……俺、何かされんのかな？』

そのうち怪しい壺《つぼ》でも売りつけられるのではないかと本気で怯《おび》えていたらしい。誤解が解けた今となっては笑い話だが、どうも自分は他人に警戒されやすい容姿をしているようだ。

また妙な勘違いをされても面倒なので校内の案内は他の教員に任せることにして、双葉は周囲の目を引かないようそっと席を離れた。無言のまま背中を丸めて去っていくその後ろ姿がまた不穏なのだと、気づいていないのは本人だけだ。


双葉には、四つ年の離れた姉がいる。

下の子の宿命で、姉と自分のアルバムの厚さを比較すると三倍近い差がある。双葉のプライベートな写真は少なく、ほとんどが保育園や学校の行事写真ばかりだ。

保育園にしろ小学校にしろ、集合写真に写る双葉の顔つきは他の子供たちと大きく異なる。屈託なく満面の笑みを浮かべる者、緊張して表情が抜け落ちてしまった者、皆表情は様々だが、双葉の顔つきは明らかに異質だ。

眉間にグッと皺を寄せ、上目遣いにファインダーを睨みつけて唇を真一文字に引き結ぶ。保育園も小学校も中学校も高校も、集合写真に写る双葉は押しなべて人相が悪い。

別段具合が悪いわけではない。極度に緊張しているのとも違う。これが双葉の地の顔だ。

だが、悲しいかなそれを理解してくれるのは家族くらいのものである。

小学生の頃、なかなか友達ができずひとりでいることの多かった双葉の手を引いて、姉はしみじみと言ってくれた。『アンタ本当は凄《すご》く優しい子なのにね』と。

実際、双葉は心根の優しい生真面目《きまじめ》な性格の子供だった。今もそれは変わらないが、大人になって骨格がしっかりしてくるにつれて一層人相は悪くなった。

せめて表情を改めようとするが、まず双葉には顔つきを険しくしている意識がない。ぼんやりしているとそれだけで仏頂面になってしまうし、意識したところでどう表情を変えればいいのかよくわからなかった。

生徒だけでなく同僚にまで距離を開けられているようで、双葉はたびたび職員室で己の居場所を見失い、間が持たなくなって吸いたくもない煙草《たばこ》を吸いに部屋を出ていく羽目になる。その後ろ姿を見送った同僚たちが、うるさくしちゃったかしら？　とか、黒沼先生なんか怒ってた？　などと囁《ささや》き合っているとは露ほども知らずに。

本当は不満なことなど何もないのに、他人の目にはひどく不満気に映るらしい自分の容姿を嘆きつつ、口下手ゆえに怒っていないという一言すら口にできずに双葉はすごすごとその場を去ることしかできない。

かくして双葉は今日も今日とて外面と内面のギャップを埋められず、職場で居心地《いごこち》悪く過ごす羽目になるのだった。

入学式までなんとか持ってくれた桜の花も、四月の半ばを過ぎる頃にはすっかり散って木々に新緑が芽吹き始めた。青々とした葉はあっという間に生い茂り、校内に植えられた桜はすでに葉桜へと姿を変えている。

新学期が始まってからすでに一ヶ月。ゴールデンウィークも終わり、新入生も少しずつ学校の雰囲気に馴染《なじ》み始めてきた頃だ。

校庭にもそろそろ本格的な運動部の声が響き始めるようになった放課後、ＬＬ教室の隣にある準備室で双葉はひとりノートを広げて週案を書いていた。

週案に週ごとの授業計画を書き込む双葉の横顔は真剣そのものだ。今時パソコンに直接打ち込む教員がほとんどだが、双葉はどうしても紙にごちゃごちゃと書いてみないと気が済まない。さんざん書き散らかした手書きの週案を元にパソコンで清書をして提出する。二度手間だが、このやり方が一番自分の性に合っていた。

ＬＬ教室は校舎一階のどん詰まりにある。双葉の勤める高校は一階が半地下になっていて、昇降口が二階にある造りだ。おかげでまだ日の出ている時間なのにＬＬ教室はすでに薄暗い。校庭で部活をしている生徒たちの声も遠く、静かな室内で双葉がガリガリとペンを動かしていると、控え目に準備室の扉が叩《たた》かれた。

反射的に返事をすると扉が開いて、ひょいと顔を覗かせたのは梓馬だった。

「今日もこっちでしたか」

扉の隙間《すきま》から顔を見せた梓馬がニコリと笑う。入室を許可する声がかかるまで馬鹿正直に廊下で待っている梓馬に、週案のノートを閉じながら、どうぞ、と双葉は声をかけた。

「一応数学科の部屋にも顔を出してみたんですけど」

軽く一礼してから部屋に入ってくる梓馬を見遣って、双葉は肩を竦《すく》めた。

「わざわざそっちに行かなくても、俺はほとんどこっちにしかいないぞ」

ですよね、と苦笑した梓馬は部屋の中央に置かれた長机の側《そば》に立つと、室内をぐるりと見回して小さく笑った。

「来るたび思うんですけど、なんだかここ、秘密基地みたいですね」

言われて双葉も室内を眺める。六畳ほどの小さな部屋は、入口正面にブラインドの下がった窓があり、左手にキャビネット、右手にLL教室へ続く扉と本棚が並んでいる。部屋の真ん中には簡素な長机と椅子がひとつ。スチールのキャビネットや本棚には乱雑にファイルやプリントが突っ込まれており、部屋の隅にも古びた段ボール箱が山積みにされている。

半地下のおかげでブラインドを下げずともうっすらとしか日の射さない窓に目を向け、上手いことを言うな、と双葉は感心する。実際ここは双葉の秘密基地のようなものだ。

本来数学科の双葉の居場所は職員室か数学科の部屋だけだ。だが双葉はどうも職員室のよそよそしい雰囲気に慣れない。数学科は数学科で年の離れた教員ばかりで落ち着かず、居場所を求めて校内をうろついていたときこの準備室を発見した。

双葉が発見した当初、準備室は今よりさらに荒れ果てていて、完全に物置代わりに使われていた。この学校に赴任してきたばかりだった双葉は校長に了承をとり、放課後にひとりで準備室の掃除を行って自らの根城にしたのだ。

元から持て余されていた部屋だ。双葉が居つくようになってからも他の教員が訪れることは滅多になかった。少なくとも、梓馬が赴任してくるまでは。

物珍しげにキャビネットの中を覗き込む梓馬の後ろ姿を目の端で捉《とら》え、どうして彼はたびたびここへやってくるのだろうと双葉は考える。最初こそ何か相談事でもあるのかと思っていたがそういうわけでもないようで、大抵は他愛のないお喋《しゃべ》りをして去っていくだけだ。ときには帰り際に「さようなら」と一声かけるためだけに顔を出すことすらある。

一応梓馬の指導は自分が任されているから、こちらに気を使っているのかもしれない。どうも梓馬には気を使いすぎるきらいがある。同じ年だから敬語はいらないと言っても、けじめですから、と笑って取り合わない。自分が先駆けて敬語を取り払ってみてもそれは変わらなかった。

黒表紙の週案ノートを無意味に指先でなぞりながら、双葉は落ち着きなく視線をうろつかせる。梓馬が何も言わないので室内はやけに静かだ。こういうとき、どうやって沈黙を埋めればいいのか双葉にはわからない。

他人に話題を振るのは苦手だ。話の接ぎ穂もわからない。何か言わなくてはと焦燥ばかりが募り、そんなときの自分は「俺の側に寄るんじゃねぇ」とばかり凶悪な面相をしているそうだが、わかったところで改める術《すべ》がない。

苦しまぎれに空咳《からぜき》をして口元を手で隠し、双葉はぼそりと呟《つぶや》く。

「……授業はどうだ。何か、困っていることは？」

ブラインドの下がった窓の前に立つ梓馬が振り返る。我ながらぼそぼそと聞き取りにくい声はきちんと相手に届いたらしく、梓馬の目元に緩い笑みが浮かんだ。

「黒沼先生に教えてもらっているおかげで、今のところは大丈夫そうです」

双葉は梓馬の顔をしばし見詰め、その顔に強がりや焦りが浮かんでいないことを確かめてから、そうか、とそっと目を伏せた。内心、聞くまでもなかったかな、と思いながら。

梓馬は大学卒業後五年近く塾で英語を教えていただけあって、授業のコツを心得ている。双葉も一度梓馬の授業を見に行ったことがあるが、今年採用されたばかりとは思えないほどその姿は堂々としたものだった。

加えて梓馬は結構な男前だ。年も若く人当たりもいいので、すでに生徒の人気を集め始めている。人気は生徒だけにとどまらないようで、職員室でも教員たちに何かと声をかけられていることが多い。

授業も人間関係も、本当に今のところ問題はないのだろう。それでも指導役を任された双葉の立場を慮《おもんぱか》って、黒沼先生に教えてもらっているおかげで、などと言えるところが如才ない。言うほど自分が梓馬に教えてやったことなどないというのに。

（……気を使わなくても、いいんだぞ？）

双葉は唇を薄く開いて、でも結局またそれを閉じる。胸の中で呟く言葉が音になって相手に伝わることは滅多にない。思いはいつも自分の中でだけ響いて消える。

同じ年なのだしそんなに気を使わなくても、とか、用もないのにわざわざこうして頻繁に顔を見せてくれなくても、とか、でも別にここに顔を出してくれるのが嫌なわけではなく、むしろ声をかけてもらえるのは嬉《うれ》しいのだけれど、とか。

たくさんの言葉を持て余し、双葉は幾度となく週案のノートの角をめくり上げる。そういう仕種《しぐさ》がまた苛《いら》ついていると勘違いされるのだと思い至り慌てて手を止めたところで、梓馬が部屋の隅にあった丸椅子を引き寄せ双葉の向かいに腰を下ろした。

「先生、お腹《なか》減ってませんか？　よかったら、これ」

直前までの双葉の葛藤《かっとう》にはまるで気づいていなかったらしく、気楽な調子で梓馬が長机の上に置いたのは透明なフィルムに包まれたどら焼きと小振りなまんじゅうだった。

唐突な和菓子の出現に双葉が黙り込むと、梓馬は菓子を指差し説明した。

「こっちが吉川《よしかわ》先生のお土産《みやげ》で、こっちが長沢《ながさわ》先生。長沢先生のは温泉まんじゅうだそうです。ゴールデンウィークは家族で温泉に行ってきたそうですよ」

連休や長期休暇明けの職員室では、職員たちが頻繁に旅先の土産を配り合う。今日は午後から職員室に行っていないから、きっと自分の席にも同じものが置かれているのだろう。ようやく合点がいった双葉は、机の上の和菓子と梓馬を交互に見た。

「……お前は食べないのか」

短い言葉はいつだってぶっきらぼうに響いてしまい、毎度しまった、と肩を竦める双葉だが、梓馬はそれを不快に思うふうでもなく困った顔で笑った。

「もらっておいて申し訳ないんですが、俺、甘いもの苦手なんです」

面と向かって断ることもできず受け取ったはいいものの、処分に困っているらしい。

そういうことなら、と双葉も遠慮なくテーブルの上に手を伸ばす。ちょうど小腹が減っていたこともあり、一言礼を言い添えて早速どら焼きの包みを剝《は》がしてかぶりついた。

口一杯にどら焼きを頰張《ほおば》り黙々と咀嚼《そしやく》を繰り返していると、向かいに座る梓馬がテーブルに頰杖《ほおづえ》をついてこちらを見ていることに気がついた。視線が交差してもなお目を逸《そ》らそうとしない梓馬にうろたえ、なんだ、と双葉は低く尋ねる。困惑の混じる声は不機嫌な声と聞き分けがつかず、普通の者なら慌てて目を逸らすのだが、梓馬はやはり双葉を見詰めたまま小首を傾《かし》げた。

「甘いもの、好きなんですか?」

質問に即答はせず、双葉はどら焼きの残りを口に放り込んだ。

双葉は他人から甘いものが苦手だと思われることが多い。恐らくは、塩辛か塩を舐《な》めながら焼酎《しょうちゅう》を飲んでいるイメージが勝手に先行しているためだろう。だが本当のところ、双葉は焼酎どころかビールだって苦くて飲めないし、アルコール類はサワーが好きで、甘いものは苦手どころかむしろ大好物だ。

大人しく答えを待つ梓馬に、双葉はコクリとひとつ頷《うなず》く。意外そうに梓馬が目を大きくしたので、双葉は口の中のものを飲み込んでからまんじゅうに手を伸ばした。

「キャラじゃないだろ」

自分でもわかっている。甘いものが好きだと胸を張って言えるのは、女性とか子供とか、もっと愛くるしい見た目をした者だけだ。焼酎に塩辛が似合う自分のイメージではない。

餡子《あんこ》のみっしりと詰まったまんじゅうを三口で食べ終え喉《のど》を上下させると、先程と変わらずテーブルに肘《ひじ》をつく梓馬と目が合った。途端に、梓馬は眉尻《まゆじり》を下げて笑う。

「そうですね、少し」

笑いながらそんなことを言う梓馬に、双葉は虚を衝《つ》かれた気分になる。

こういう場面ではいつだって、曖昧《あいまい》に言葉を濁されることがほとんどだった。その通りだ、とはさすがに言えないし、逆に「そんなことありません!」と強く言われると、相手が必死でフォローしてくれているのがわかってしまって互いに居心地が悪い。

けれど梓馬の返答はそのどちらとも違って、自然だった。こちらに気を使って無理を言っている様子でもない。

手の中でまんじゅうの包みを握り潰《つぶ》し、双葉は視線を揺らめかせる。梓馬の反応はいつも少し変わっていて、しかも変わっているのは自分に対してだけのような気がして対応に困る。他の教員や生徒と喋っているときは、あまり予想外の言動には出ないのに。

気がつくと、眉間に深い皺が寄っていた。戸惑いが表情に出てしまったらしい。慌てて眉根の強張《こわば》りを解いたが、きっと一瞬とんでもなく凶悪な面相になっていたことだろう。

怒ったわけじゃない、と言おうとして、怒りましたかと訊《き》かれたわけでもないのにそれを言うのも不自然かと言葉を引っ込めた双葉は、たちまち静まり返ってしまった室内の空気に耐えかねて席を立った。

「……ちょっと、煙草吸ってくる」

これを機に梓馬も部屋を出ていくかと思ったが、またしても梓馬は予想もしていなかったことを言った。

「俺も一本もらえますか？」

部屋の入口に向かいかけていた双葉の足が止まる。椅子から立ち上がった梓馬はいつもの落ち着いた表情で、双葉は幾度か目を瞬かせた。

「……吸うのか、煙草」

「キャラじゃないですか？」

悪戯《いたずら》めいた口調で梓馬が先程の双葉の台詞《せりふ》を繰り返す。

双葉はしばし黙り込んでから、やはり先程の梓馬と同じく、少し、と短い返事をした。

この学校には喫煙所などという気の利いた場所はない。だからといって校内禁煙というわけでもないので、教員たちは皆それぞれ自分の喫煙場所を確保している。

双葉が愛用しているのはＬＬ教室を出てすぐ隣にある非常階段だ。二階の踊り場に上がり切る途中で煙草を取り出す。一階は半地下になっているので、ここならばあまり生徒の目に触れることもない。

後をついてきていた梓馬は双葉の立つ階段の一段下で足を止めた。それでようやく互いの目線が同じ高さになって、改めて双葉は梓馬との身長差を思い知る。

「なんだか不良みたいですね」

まだ火をつけていない煙草をくわえ、梓馬がのどかな声を上げる。この年になって隠れて煙草を吸うなんて、とつけ足す声は、けれどどこか楽しそうだ。

双葉は手早く煙草に火をつけると梓馬にライターを手渡した。夕暮れの風はすでに冷たく、双葉が羽織っている白衣の裾《すそ》がバタバタと風にはためく。

「そういえば、黒沼先生どうしていつも白衣着てるんです？　数学科なのに」

片手で風を遮って煙草に火をつけようとする梓馬に尋ねられ、双葉は深く紫煙を吸い込んだ。

「授業中、黒板に字を書いてるとチョークの粉が落ちてきて服が汚れるからだ」

「ああ、それで……。俺そういうの全然気にならないから思いつきませんでした」

肺の奥まで吸い込んだ煙をゆっくりと吐き出し、双葉は意外な気分で梓馬を眺める。清潔に整えられた黒髪と、白地に紺のストライプが入った襟の立ったワイシャツ。爪《つめ》も綺麗《きれい》に切り揃《そろ》えられ、梓馬こそ身繕いに気を配る性格かと思っていたのに。

ようやく風が収まって、梓馬の煙草の先にも火が灯《とも》る。一度ふっと煙を吐き出して、梓馬は二口目の煙を深く吸い込む。唇から細く煙を吐いて目を細めた梓馬の吸い方は堂に入っているのだが、やはり意外な気分が拭えない。スポーツの似合う好青年然とした梓馬と、煙草という不健康な代物が上手く繋《つな》がらなかった。

「……普段から煙草吸ってんのか？」

藪《やぶ》から棒に尋ねると、梓馬は指の先で煙草を挟んでゆったりと首を傾けた。

「時々ですけどね。たまに吸いたくなることがあるくらいです。煙草を吸う人と一緒にいたり、酒飲んでたり、あとは雨が降ってたりすると」

「雨と煙草って何か関係あるか？」

灰の長くなった煙草を再び口元に近づけようとする梓馬に携帯灰皿を差し出すと、梓馬は軽く会釈してから灰皿の中に灰を落とした。

「祖父の影響かもしれません」

灰皿の縁を煙草が叩き、空気中にわずかな灰が飛び散る。風に流れていくそれを目で追ってみるが、地面に落ちる前に見失ってしまった。

「祖父が、よく雨の日に縁側で煙草を吸ってたんですよ。雨音を聞きながら煙草を吸うのが好きだって。俺は祖父の隣に座って雨に打たれる庭木を見てるのが好きでした。雨の匂《にお》いと煙の匂いが混ざって、なんだか眠くなる感じが好きで」

三つ子の魂百までって言いますからね、と梓馬が笑う。その間、双葉は煙草を吸うのも忘れて梓馬の言葉に耳を傾けていた。

双葉はこういう、他愛のない他人の話が好きだ。好きな食べ物とか好きな音楽とか、はたまた好きな時間とか。個人的で、ひとりひとりがそこに何某《なにがし》かの物語を持っている。学生の頃はまだ誰かとそんな話をする機会もあったが、社会人になってからはめっきり減った。

「灰、落ちますよ」

耳の奥に残る梓馬の声を反芻《はんすう》しながら雨に濡《ぬ》れる庭木を思い描いていると、いつの間にか随分灰が伸びていた。双葉は現実に引き戻された気分で、半分ほど吸った煙草を携帯灰皿に押しつける。梓馬も深々と最後の一口を吸い込んで、灰皿の底で火を揉《も》み消した。

「この上って屋上まで続いてるんですか？」

非常階段の柵から首を伸ばして天を仰ぐ梓馬に、四階まで、と短く答えて双葉は階段を上り始めた。その後を、梓馬も当然のようについてくる。

三階の踊り場で足を止めると、校庭に残っている野球部や陸上部の姿が眼下に見えた。そろそろ部活も終わりの時間だろう。薄暗い校庭で時間を惜しむように練習を続ける生徒たちを見下ろし、双葉はぽつりと呟いた。

「前はここで煙草を吸ってたんだが、生徒に見つかって、ついでにそれが校長にばれて、大目玉を食らった」

こっちの方が眺めがよかったんだがな、としみじみ呟くと、いきなり梓馬が噴き出した。驚いてそちらを見ると、梓馬は非常階段の手すりに寄りかかって喉の奥でクックッと笑っている。そんなに面白いことを言ったかとうろたえ、双葉の眉間に皺が寄る。

そんな双葉の顔を見て、梓馬が慌てて笑いを引っ込めた。また怒っているとでも思われたか。双葉も一緒に表情を改めたつもりだが、不機嫌そうに見えない顔になっているかどうかは自分でもよくわからない。

「すみません、でも、意外に黒沼先生もうかつなところがあるんだな、と」

隠すように口元を手で押さえた梓馬の声にはまだ笑いがにじんでいる。やはり何がそんなにおかしいのかはわからなかったが、双葉も曖昧に頷いた。確かに教員が喫煙している姿を堂々と生徒に晒《さら》すなんて、うかつ以外の何ものでもない。

「……お前も煙草吸うときは気をつけろよ」

「はい、肝に銘じておきます」

ようやく口元から手を離した梓馬は上機嫌で笑っていて、本当に珍しい奴だ、と双葉は思う。極端に口数が少なく人相も悪い自分の側に立つとき、大抵の人間はもっと落ち着かない素振りをする。早く自分の側から離れたいと思っているのが嫌でも伝わってくる。

不思議に思いながら、双葉は梓馬と一緒に校庭を見下ろす。鞄《かばん》を手に校門へ向かう生徒も多く、その中の一団がふとこちらを見上げた。

いつもなら、双葉がここに立っていても生徒たちはちらりと視線をよこすだけで素通りしていくのだが、今日は女子の一団がわざわざ足を止め、こちらに向かって大きく手を振ってきた。何事か、と目を瞬かせると、すぐに下から高い声が響いてくる。

「梓馬センセー、さよーならー！」

「おー、気をつけて帰れよー」

隣で梓馬が声を張り上げる。周りを歩いていた他の女子生徒たちもチラチラとこちらを振り返り、控え目に会釈をしたり手を振ったりしてくる。どうやら梓馬は若手のイケメン先生としてすっかり生徒の人気を獲得しているようだ。

生徒ひとりひとりに律儀に手を振り返す梓馬の横顔を眺め、つくづく自分とは真逆だと双葉は思う。火と水とか、動と静とか、そういうまったく逆のベクトルの性質を梓馬は持っているようだ。

校長はこれを承知して自分と梓馬を組ませたのだろうかと訝《いぶか》っていると、校庭を見下ろしていた梓馬がゆっくりと口を開いた。

「これ、俺の勝手な言い分なんですけど……黒沼先生と俺、似てる気がします」

白衣のポケットに手を突っ込み、首だけ回して梓馬の横顔を見ていた双葉はそのまま動けなくなる。自分が考えていたことと真逆のことを梓馬が言い出したからだ。

どこが、と本気で詰め寄りそうになった。自分と梓馬の共通点なんてどこにあるのか皆目見当がつかない。自分は梓馬のように明るい性格ではないし、誰とでもすぐ打ち解けられる社交性も持ち合わせていない。生徒から人気があるわけでもなく、それどころか補習ばかりやらせるので煙たがられている節すらあるのに。

どこが似てるんだ、と眉間に皺を寄せて双葉は考え込むが、一向にそれらしい答えは出てこない。当の梓馬は自分の言葉に頓着《とんちやく》する様子もなく、帰宅していく生徒たちに笑顔で手を振り続けている。

その後もしばらく梓馬とその場に残った双葉だったが結局梓馬の真意を問い質《ただ》すことはできず、頭の上に疑問符ばかり浮かべて準備室まで戻ることになったのだった。

＊＊＊

ガヤガヤと賑《にぎ》やかな居酒屋の一角で、なみなみとビールをつがれたジョッキが勢いよくぶつかり合う。座敷に座った成人男性が五人、無言で喉を鳴らした後、揃って勢いよくテーブルにジョッキを叩きつけた。

「何はともあれ、再就職おめでとう！」

おー、と野太い声が重なり合い、ぱらぱらと拍手が起こる。それを受け、梓馬は緩やかに笑った。薄いブルーのシャツにスラックスというシンプルないでたちで、綺麗に背筋を伸ばして、ありがとう、とテーブルを囲む四人に頭を下げる。

土曜の夜、久々に高校時代の友人に呼び出された。社会人になってからもたびたび集まっている気心知れた連中で、今も銘々勝手に料理を注文している。

「梓馬が先生かー、しかも高校の。いいなぁ、女子高生！」

続々と運ばれてくる料理を前に、心底羨《うらや》ましそうな声を上げたのは印刷会社に勤める笹原《ささはら》だ。その隣で相槌《あいづち》を打つのは飲食店で働く森川《もりかわ》で、この面子《メンツ》で集まると大抵この二人が賑やかに会話を回すことになる。

「でも俺は女教師っていうのにも心惹《ひ》かれるな！」

「確かにな！　梓馬のことだから新しい職場でも、美人教師に手取り足取りいろいろ手伝ってもらってんだろ？　ここ教えてもらえませんか？　とか言っちゃって！」

笹原と森川に詰め寄られ、ジョッキ片手に梓馬は小さく首を傾げた。

「いや、黙ってても向こうが勝手に手伝ってくれるから」

助かるよ、と梓馬が言い終わらぬうちに、「これだよ！」と周囲から悲鳴に似た声が上がった。

「お前本当に天然ジゴロだな。悪意がないだけに質悪《たち》いぞ」

「お前みたいな容姿の男にその性格って、世の女にとっては悲劇だ、悲劇」

気兼ねのない友人たちの言葉を笑って聞き流し、梓馬は運ばれてきたホッケの開きに箸《はし》をつける。美しい箸使いですするすると中骨を取り出して身をほぐしていると、また笹原と森川が何か言い始めた。

「魚を食うのが上手い男って、女に人気があるんだと」

「マジか。育ちのよさが窺《うかが》えるからかな」

どうやら自分のことを言われているらしい。育ちなんかよくないぞ、と否定すると「地元じゃ有名な旅館の息子《むすこ》が何言ってんだよ！」と声高に反論されてしまった。

「これだからお坊ちゃんは」「まったくねぇ」と声を裏返す友人たちの、学生時代からまったく変わらないノリに梓馬は苦笑をこぼす。

ホッケを口に運んでいると、それで？　と森川がテーブルに身を乗り出してきた。

「もう職場に目をつけた美人はいるのか？」

身に埋もれていた小骨を箸の先でつまみ上げ、梓馬はゆったりと目を細めた。

「そうだな……目つきが悪くて可愛い人だったらいる」

「ツンデレ系美人か！」

笹原まで身を乗り出してきて、梓馬は曖昧な笑みを返した。そのとき梓馬が頭に思い浮かべていたのは双葉の顔だ。四六時中眉間に皺を寄せて仏頂面を晒している彼を、美人と呼んでしまっていいのかどうか。

「まさかもう手ぇ出したのか」

「まさか。赴任してまだ二ヶ月も経ってないんだぞ」

「どうだかなぁ、お前のことだからなぁ」

と言いつつ、二人はそれ以上突っ込んでくることもなく枝豆など食べている。

なんだかんだ言いながら、この場にいる全員が学生時代の梓馬をよく知っている。当時から容姿の整っていた梓馬は女子から人気があり、校舎裏に呼び出されて告白を受けることも日常茶飯事だったが、梓馬はそれらすべてを断った。友人たちからなぜそんなもったいないことをと問い詰められたときも、よく知らない人だったから、と答えて周囲を驚かせたものだ。

以来、梓馬は周りの人間からイケメンのくせに硬派な人物と思われ続けている。

「なんだかんだ言って梓馬は欲がないんだよな。やっぱいいとこのお坊ちゃんだから?」

「金持ちゆえの余裕が窺える。人も物も、自分から追っかけることがまずない」

ダラダラと酒を飲みながら呟く友人たちに、どうかな、と梓馬は首を傾げる。言うほど欲がないわけではないが、結果にあまり興味が持てないのは当たっている気もする。

梓馬にとって重要なのは、結果よりもそのプロセスだ。手に入れようとしているものの価値より過程の方が肝心で、それが困難であればあるほど楽しくなる。反面、欲しかったものも手に入れてしまうとあまり興味が続かない。

ジョッキを口元に近づけながら、梓馬は双葉の気難しそうな顔を思い浮かべる。あれを陥落するのは難しそうだと思うと、心の底からわくわくした。

「なんだよ、楽しそうな顔して。やっぱりもう新しい彼女見つけたんだろ?」

笹原に詰め寄られ、まさか、と梓馬は首を横に振る。

年中女性たちから熱い視線を送られながらも彼女を作ったという話をついぞ聞かない梓馬だから、笹原も「本当かなぁ」などと言いながら大人しく引き下がる。

(男の恋人なら切れたこともない、なんて言ったらどんな顔するんだろうな)

笑顔でビールを傾ける梓馬の心の声が相手に届いていたら、恐らくこの場にいる全員が口の中のものを盛大に噴いていただろう。もちろんそんなことを言って友人たちを混乱させるのは可哀相《かわいそう》なので、真実を口にしたことは一度もない。

梓馬が自分をゲイだと自覚したのは大学生のときだ。

高校の頃から何かおかしいと思っていた。女子に告白されても戸惑うばかりで喜びは湧《わ》かず、一度くらい誰かとつき合ってみようかと思ってもやはり気が乗らない。同級生たちは電車で他校の女子と隣り合っただけで大騒ぎしているというのに、梓馬にはその気持ちがまるで理解できなかった。

転機が訪れたのは大学に入って間もない頃。所属していたテニスサークルの先輩の部屋で数名の部員たちとしこたま飲み、明け方に眠りについたときのことだ。１Ｋの狭いアパートで雑魚寝をしていると、隣にいた友人にいきなり抱き込まれ、キスをされた。

泥酔した挙げ句に寝ぼけて梓馬を彼女と間違えたらしい。唇が離れると同時にいびきをかき始めた友人からそっと離れた梓馬はひとりキッチンに立ち、勃起《ぼっき》している自分を確認して半ば呆然《ぼうぜん》と理解した。高校時代、名前も知らない女子高生が隣に座っただけで全身を硬直させていた同級生たちの心境を。

あれは別にその女子高生を一瞬で好きになったわけではなく、ただ異性が側にいるというだけで自然と体が反応したのだ。現に自分も、隣で寝ていた友人に慕情なんて感じていないのは明らかなのに、こうして体が反応している。

人間の体は正直だ。恋愛対象に顕著な反応を示す。

そしてどうやら自分の恋愛対象は異性ではなく、同性であるらしい。

高校時代から抱えていた違和感がようやく解消して、むしろ清々《すがすが》しい気分で梓馬は自分がゲイであることを受け入れた。端《はな》からあまり深く思い悩む性格でもない。

その後は相手が途切れることもなく奔放な性生活を送ってきた梓馬だったが、恋人ができたところで友人たちに報告などできるはずもなく、大学時代は恋人ひとり作らず卒業した、と周囲の友人たちからは勘違いされたままだ。

自分は随分見た目で得をするタイプだと梓馬は思う。本来は真面目でもなければ思慮深くもなく、むしろ刹那《せつな》主義の快楽主義なのに、周囲は勝手に自分を好青年と見なしてくれる。子供の頃から終始客の視線に晒される旅館の手伝いなどしていたせいで、自分を取り繕うのが上手くなってしまったのかもしれない。勘違いをされている方が都合のいいことも多いので、自らそれを正したこともない。

（多分、黒沼先生と俺は似てる）

冷めかけたフライドポテトを箸でつまみ上げ、梓馬は口元に薄い笑みを刷《は》く。

梓馬とは反対に、双葉はまったく自身の性格を隠そうとしない。人嫌いの無精者らしく誰に話しかけられても短い返事しかせず、終始不機嫌な顔で職員室にもあまり顔を出さない。背中を丸めてだるそうに仕事をこなし、他人との接触は煩わしいとばかり黙り込む。あんなにも自分の思うまま行動することができるなんていっそ潔いくらいだ。

それに双葉とは性格だけでなく、性癖も似ているはずだと梓馬は確信する。自分がゲイだと自覚してから、梓馬は目の前に立つ人物が自分と同類か否かを違《たが》わず見極めることができるようになった。なぜわかるのかと問われても雰囲気で察するとしか答えようがないが、今のところその判断を外したことは一度もない。これも家業と関係があるのかもしれない。子供の頃から客の顔色を窺うのは上手かった。

だから梓馬は、一目見て双葉もゲイだと直感した。恐らく本人はそれを自覚していないだろうことも。

世の中には自覚のないゲイも結構な数いる。高校時代の自分がそうだったように、日常の端々に小さな違和感を覚えながらもその理由がよくわかっていない。そういう相手を自覚させるのが梓馬は何より好きだった。

「なぁんだよ、さっきからニヤニヤして」

いつの間にか口元が緩みっぱなしになっていたらしい。森川が怪訝《けげん》な顔でこちらを覗き込んできて、梓馬は笑みを深くした。

「職場の同僚の先生のことを考えてた」

「何？　女？　美人？」

「いや、俺が副担してるクラスの担任の先生で、男」

興味深く梓馬の返答に耳を傾けていた友人たちは揃って落胆した表情を浮かべ、「こんなときまで仕事のこと考えんなよ、真面目だなー」と呆《あき》れた調子で言った。

梓馬は声を上げて笑う。真面目どころか不真面目な、むしろ不埒《ふらち》なことを考えていたのだが。

新しいジョッキが運ばれてきて、梓馬は機嫌よくビールを呷《あお》った。その間も、考えるのは双葉のことだ。

もしも双葉が性格だけでなく性癖も自分と似ているのなら、双葉に自身の性癖を自覚させた後は割り切った体の関係になれるかもしれない。曲がりなりにも教職員となった今、いかがわしい夜の街をうろつくのは憚《はばか》られる。手近にそういう相手がいてくれるのはありがたい。

(それに、ああいう人は、嫌いじゃない)

一筋縄でいかなそうな相手はむしろ好きだ。どうやって振り向かせようかと考えるだけで腕が鳴る。

向かいで森川が煙草を吸い始めて、テーブルに置かれたその箱に梓馬は目を止める。双葉が吸っているのと同じ銘柄だ。以前一緒に煙草を吸ったとき、非常階段から校庭を見下ろして堂々と煙草を吸っていたら校長に叱《しか》られたと言っていた双葉を思い出す。

(意外に抜けてるところもあるんだな)

あの双葉がどんな顔で校長の小言を拝聴していたのだろうと思うと、自然と唇から柔らかな笑い声が漏れた。もしかすると校長の方が萎縮していたかもしれない。

（どうやって陥落してやろう）

腹の中でそんな不届きなことを考えているとは思えない綺麗な笑みを浮かべ、梓馬は大きくジョッキを傾けた。
＊＊＊

重たい鞄を肩にかけ、さぁ出勤しようと思ったところで玄関のチャイムが鳴った。

双葉は鞄を提げたまま玄関を開ける。現れたのは大きな段ボールを抱えた宅配業者だ。荷物を受け取った双葉は差出人を見て眉を上げる。実家からだった。

段ボールを開けながら家に電話をかけると、すぐに明るく華やいだ母の声が電話に出た。

「もしもし？　俺だけど、今荷物届いたよ」

『あら、意外に早かったわね』

「事前に連絡しておいてくれればよかったのに。ちょうど学校に行くところで、もう少しで入れ違いになるところだった」

『えぇ？　土曜日なのに学校行くの？』

一般にはあまり知られていないようだが、休日も出勤する教員は存外多い。双葉も土日のうち必ずどちらかは出勤する。下手をすると両方出勤なんてことも少なくない。

段ボールを開けると、中には大根やキャベツなどたくさんの野菜が入っていた。双葉の実家は小さいながらも畑を持っていて、こうして時々野菜を送ってくれる。

『アンタ連休も帰ってこなかったでしょ。もしかして仕事だったの？』

「ちょっと、片づけておきたい仕事があって……」

『無理して体壊さないでちょうだいよ。それから、お姉ちゃんもアンタに会いたがってたわよ。せめて夏には家族で揃うように調整しておいてって。杏《あん》もアンタがいないってずっと機嫌悪かったんだから』

段ボールを探っていた双葉の手が止まる。杏は姉のひとり娘で、双葉にとっては姪《めい》にあたる。まだ四歳になったばかりだが口が達者で、双葉のことを「双葉ちゃん」と呼んで覚束《おぼつか》ない足どりで追いかけてくる。最近はテレビで放送されている魔法少女に夢中らしく、正月に実家で一緒になったときは延々と魔法少女ごっこにつき合わされた。

自然と双葉は頬を緩ませる。姉には「よくそんなにつき合ってられるわね？」と呆れられるが、双葉は子供の相手をするのが好きだ。本当は保育士になりたかったくらいだが、この面相では幼児にも保護者にも怯えられそうだと泣く泣く諦めた過去がある。

珍しく笑みを浮かべて段ボールから野菜を引っ張り出していると、底に一枚のタオルが敷かれていた。ピンク色のそれを見て目を瞬かせると、ちょうど母親が、タオル、と言う。

『段ボールの底にタオル入ってるでしょ？　それ、杏からアンタへって』

「……可愛いことを」

『でしょ？　アンタもそんなに子供が好きなら早いところ身を固めなさいよ』

咎《とが》めるような声を皮切りに幾度となく繰り返された小言が始まりそうになって、双葉は慌てて話を切り上げた。夏には必ず戻ると約束して電話を切る。

携帯電話を鞄に放り込むと、双葉は深々とした溜息《ためいき》をついた。実家を出てからというもの、親から頻繁に「いい人ができたら家に連れてらっしゃい」と言われるようになった。

（姉貴が落ち着いたから、今度は俺のことが気になり始めたんだろうな……）

心配してくれているのはわかるのだが、正直これぱかりは努力でどうにかなるものでもない。外出する前に改めて鏡の前に立ち、長い前髪の隙間から覗く尖《とが》った目元と、怒っているわけでもないのに憮然《ぶぜん》とした表情の自分を眺め、これじゃあな、と双葉は肩を落とす。女性受けどころか人好きすらされない面相だ。

母親には悪いが最早《もはや》諦めの境地で鏡から目を逸らし、双葉は職場へ向かうため家を出た。

休日の学校は普段より静かだが、それでも耳を澄ますと運動部らしき生徒たちの声が微かに聞こえてくる。職員室には結構な数の教員もいて、職員室の独特の空気に慣れない双葉は例のごとくLL教室の準備室で仕事をしていた。

先日行われたばかりの中間テストの採点をする双葉は、正解率の悪い問題を眺めては教え方が浅かったかと眉根を寄せ、赤点ギリギリの生徒の名前をチェックしては、またお前か、と苦々しい溜息をつく。採点中の双葉の顔は、地獄の鬼も裸足《はだし》で逃げ出す凶面相だ。

答案返却時に行うテスト内容の解説をあれこれ考え、赤点をとった生徒のための補習用のプリントを作る作業が一段落すると、双葉は椅子に座ったまま両手を天井に突き上げ大きく伸びをした。時計を見上げるとすでに夕方の六時を過ぎている。

（……夕飯どうすっか）

家に帰れば実家から送られてきたばかりの野菜が大量にある。ありがたい反面、一人暮らしで段ボール一杯の野菜は消費するのに時間がかかる。早目に手を打たないと半分は腐らせてしまうだろう。

（鍋《なべ》でもしたら一気に減るんだが）

とはいえ、ひとりでガスコンロを持ち出して鍋をするのもなかなかに味気ない。口をへの字にしたところで、コン、と準備室の扉が外から叩かれた。

半ば来訪者を予想しながら返事をすると、思った通り梓馬が顔を出した。生徒がほとんどいない土曜日にここを訪れる者など梓馬以外に思いつかない。

相変わらず「どうぞ」と声をかけないと部屋に入ってこない梓馬に一声かけてやると、梓馬は軽く一礼してから室内に足を踏み入れた。

「黒沼先生、土曜も出勤されてたんですね。もしかしたらいないかと思ってました」

「まぁ、いろいろやることもあるからな。お前こそ、朝からずっといたのか？」

梓馬は笑顔で頷くと、準備室の端に置かれている丸椅子を長机の側に引き寄せた。

「俺こそ新人で雑用が山積みですから。他の先生と違って要領も悪いですし、休みの日に出てこないと仕事が片づきません」

まさか、と掠れた声が双葉の唇からこぼれる。梓馬の週案のチェックをしているのは双葉だが、毎回過不足なく綺麗にまとまっているし提出期限を過ぎたこともない。経験不足で何をするにも時間のかかる新人とは一線を画しているのは傍目《はため》にも明らかだ。

何か困っていることがあったら声をかけろよ、と告げるのも憚られるくらいだ。いらぬお節介だと煙たがられはしないだろうかと言い淀《よど》んでいると、梓馬が双葉の向かいに腰を下ろした。

「でも、先生がいてくれてよかったです。実はまたお菓子をもらったんですけど生菓子で、できれば今日中にお渡ししたかったので」

机の上に梓馬が置いたのは薄ピンクの柔らかな大福だ。個包装されたパッケージに『苺《いちご》大福』の文字が躍る。

「中に餡子と生クリームが入ってるそうです。よろしければ、どうぞ」

俺はちょっと、と梓馬は胃の辺りをさする。どうにも甘いものは受けつけない体質らしい。

大福を手に取って、双葉は軽く眉を顰《ひそ》める。

「いいのか。これ、結構並ばないと買えない代物だぞ」

「そうなんですか？　だったらなおさら、せっかくなんで召し上がってください」

そこまで言うなら、と礼を告げて大福の包装を剝《は》がした双葉だが、本当にいいのだろうかと案じる気持ちは拭いきれない。もしかするとこれは職員室にいる誰かが梓馬のためにわざわざ買ってきたものではないだろうか。大振りの苺大福はかなり値の張る一品だ。

ちらりと梓馬の表情を窺うと、梓馬は机に肘をつきニコニコと笑って双葉を見ていた。

人相の悪い自分と狭い部屋で二人きりだというのに気詰まりな様子も見せず楽し気に笑っている梓馬にギョッとして慌てて目を逸らす。とりあえず梓馬の顔を見る限り、相手がどんな意図で高価な大福を渡してくれたのかなどまるで考えていないらしい。

（……意外と鈍いところもあるんだな）

大福を買った人物に対する多少の後ろめたさを感じつつ、双葉は大きく口を開けて苺大福にかぶりつく。間をおかず、美味《おい》しいですか？　と梓馬が尋ねてきた。

「クリームと一緒に食べると、苺が酸っぱく感じませんか？」

最初の質問には首肯を、次の質問には首を横に振ることで応《こた》えると、梓馬は興味深気に、へぇ、と呟いた。

「俺はショートケーキに乗ってる苺、苦手だったんです。どうしてもクリームを食べた後に口に入れると酸っぱく感じるから。だからまず苺を先に食べてました」

むぐ、と双葉は口の中で不明瞭《ふめいりょう》な声を出す。喉を上下させ、梓馬と手の中の苺大福を交互に見て、そうか、と低く呟いた。

「……俺は最後まで取っておいたな、苺」

「苺、好きだったんですか？」

ごく自然に頷いてから双葉はハッと我に返る。こんな強面で苺が好きだなんて柄じゃないにも程がある。微妙な愛想笑いをされるか腹を抱えて笑われるかどちらだろう、と恐る恐る梓馬を見ると、梓馬はただ穏やかに笑って小さく頷いただけだった。

「……キャラじゃないだろ？」

笑ってもいいんだぞ、と促すつもりで呟いてみるが、梓馬は小首を傾げてしまう。

「もう甘いものが好きなのは知ってますから、苺くらいじゃ驚きませんよ」

「お前、意外と度量が広いな……」

そうですか？　と笑みを浮かべる梓馬に、それに変わってる、と双葉は胸の中でつけ足す。あまった菓子を双葉の元へ届けに来るのは最近の梓馬の日課のようなものだが、わざわざ自分に渡しに来る意味がわからない。職員室にはもっと人当たりがよくて見るからに甘いものが好きそうな人物がいくらでもいるだろうに。

不可解な思いを持て余し、双葉は大福をすべて口の中に放り込む。その間、梓馬は満足気な笑みを浮かべてずっと双葉を見ていた。

「じゃあ、俺はそろそろ……」

　本当に双葉に大福を渡すためだけにここへやってきたらしい梓馬は、双葉が大福を食べ切るのを待って席を立った。途中、ぐぅ、と梓馬の腹が鳴り、それを耳にした双葉の顔が一気に険しくなる。

「お前……腹が減ってるなら自分で大福食えばよかっただろう」

「いや、腹は減ってますが甘いものはやっぱり苦手なんですよ。無理して先生にあげたわけじゃありませんから」

　自然と咎める口調になってしまった双葉に、梓馬も慌てて言い返す。帰りにラーメンでも食ってきます、とどことなく品のある顔には似合わないことを言う梓馬に、双葉は軽く眉を上げた。

「お前、実家暮らしじゃないのか？」

「ひとり暮らしですよ。あれ、言ってませんでしたっけ？」

　聞いてない、と答えながら、双葉はぼんやりと考える。

（……じゃあ、うちで飯でも食ってくか？）

　ちょうど実家から大量に野菜が届いて鍋でもしようと思っていたところだ。帰りにスーパーに寄って肉か魚を買い足せば、二人でも十二分に足りるだろう。

　誘ってみようか、と双葉は長机の側に立つ梓馬を見上げてみるが、目が合った途端パッと視線を下げてしまう。

（いや、でもいきなり自宅に招いて手料理振る舞うって俺のキャラじゃないな……）

いつかの大学の後輩のように、何か裏があるのではないかと怯えられるのも本意ではない。大体梓馬にも予定があるだろうし、と考え込むうちに、双葉の顔はいつにも増して険しい表情になっていく。

「……黒沼先生？　どうかしましたか？」

さすがに不審に思ったらしい梓馬に声をかけられ、双葉は苦々しい表情のまま「いや」と短く返す。本当ですか？　と心配顔で尋ねられてしまうとますます自宅に誘う雰囲気でなくなって、双葉はぞんざいに頷いて梓馬から顔を背けた。

「なんでもない。大福美味《うま》かった。ありがとう」

「それは……よかったです」

梓馬はまだ気がかりな様子を漂わせながらも、一向にこちらを振り向かない双葉に、じゃあ、と軽い会釈をよこす。目を伏せながらも遠ざかっていく梓馬の足音を耳にした双葉は、ピクリと口元を動かして、また強く引き結んだ。

今ならまだ呼び止められる。いや、もう完全にタイミングは逃した。でも鍋だと言えばもしかしたら。やめよう、きっと自分には似合わない。

様々な言葉が胸を駆け巡り、ガラ、と準備室の引き戸を開ける音がして双葉は深く目を閉ざした。

（やっぱり、ひとりで鍋は味気ないから、野菜炒《いた》めでも作るか）

ようやく諦めがついて新たな献立を頭の中で組み立て始めたとき、部屋を出ていきかけていた梓馬の足音が再び戻ってきた。忘れ物かと顔を上げると、なぜか梓馬は先程まで腰かけていた丸椅子を引きずって双葉の隣に置き、ドサリとそこに腰を下ろした。

いつもはテーブルを挟んで対面に座る梓馬がいきなり膝《ひざ》もつくほどの至近距離までやってきて双葉は目を瞠《みは》る。驚いて声も出ない双葉の前で、梓馬はきっぱりとした口調で言った。

「どうしたんです、さっきから。気になるから言ってください」

「いや、俺は、別に……」

「隠せてませんよ、黒沼先生」

そんなことを言って梓馬が苦笑を浮かべるものだから、双葉はとっさに片手の甲で頬を押さえる。一体自分がどんな顔をしているのかわからず、よほど梓馬を引き留めたがる顔つきでもしているのかと思ったらまともに梓馬を見られない。

梓馬はそんな双葉の顔を覗き込み、少し悪戯めいた表情で笑った。

「言ってくれるまで帰りませんよ？」

恐れも戸惑いもない顔で言い切られ、双葉はしばし言葉を失う。

思ったことをなかなか口にできない自分の心中を察し、なんだかんだと声をかけてきてくれるのは親兄弟ぐらいのもので、他人は大抵「さわらぬ神にたたりなし」とばかり足早に通り過ぎていくものなのだが。

「……変わってるな、お前」

気がつくと、ほとんど無意識に呟いていた。梓馬は自覚もない様子で、俺がですか？　と目を瞬かせる。その様子にようやく緊張が解けた双葉は、やっとのことで梓馬を自宅に誘うことができたのだった。

スーパーで魚の切り身や葛きり、それに「せっかく鍋をするならこれも買いましょう」と笑顔で梓馬に勧められたビールを買って二人は双葉のアパートへやってきた。

アパートは一階に三部屋入った二階建てで、双葉の部屋は外階段を上った二階の一番端にある。玄関を入るとすぐ細長いキッチンがあり、左手には風呂《ふろ》とトイレに続く扉が二枚。キッチンを抜けた奥の部屋が居間兼寝室のごく小さなアパートだ。

「すぐ準備するから適当に座ってろ。先にビール飲んでてもいいぞ」

ベッドと小さなローテーブルが置かれた奥の部屋に声をかけ、双葉は早速実家から送られてきた野菜を洗い始める。梓馬は支度を手伝いたがったものの、大の男が二人で並ぶにはキッチンは狭すぎるので隣の部屋に追い返した。

「黒沼先生の部屋、凄く片づいてるんですね」

双葉が野菜を切っていると、隣室から梓馬の意外そうな声が響いてきた。

梓馬の言う通り、双葉の部屋はよく整頓されている。薄緑のカーテンに生成りのベッドカバー。テーブルやチェストはオフホワイトで、ラグは落ち着いたブルーグレイ。二方向から陽光の取り込める部屋は明るく、まめに掃除もしているので埃《ほこり》ひとつ落ちていない。

キャベツやニンジンを手際よく刻みながら、双葉は唇の端に自虐めいた笑みを浮かべる。

「どうせ俺の部屋なんて一升瓶とかワンカップの空瓶とか足の踏み場もないほど転がってて、所狭しと競馬新聞が積み上げられてるとでも思ってたんだろ」

「いえ！　そこまで凄いのは想像してませんでしたけど……」

そこまでではなくともそれと似たような惨状は予想していたわけだな、と意地悪なことを言ってやろうかとも思ったが、それにもかかわらず自宅を訪ねてきてくれた梓馬を苛《いじ》めるのは可哀相だと双葉は苦笑を漏らすにとどめる。

鍋の準備を終え卓上コンロを持って部屋に戻ると、早いですね、と梓馬は目を丸くした。

恐らく双葉が自炊をするイメージもなかったのだろう。

「じゃあ、とりあえず……お疲れ」

鍋を挟んでローテーブルに梓馬と相向かいになり、双葉は栓《せん》を開けたビールを軽く掲げる。

梓馬はわざわざ腕を伸ばし、笑顔で双葉の缶に自分の缶を軽くぶつけた。

その後はぐつぐつと温かな音を立てる鍋に野菜や魚を放り込み、お互い好きに取り分けてはまた具材を追加するという作業に没頭した。

梓馬は食欲旺盛《おうせい》で、ざるに盛った野菜はあっという間に減っていく。

他人の家で食事をするとき、遠慮なく箸を動かしてくれる者の方が双葉にとっては好ましい。気持ちよく野菜を追加していると梓馬がしげしげと鍋の中を覗き込んできた。

「この野菜、実家から送られてきたんですか。自宅で育ててるんですか？　いいなぁ、新鮮な野菜はやっぱり美味しいですね」

滞りなく箸を動かしながら梓馬は他愛のない会話を続ける。「鍋に葛きり入れるんですね、うちは白滝だったなぁ」とか、「豆乳鍋も美味いですよね、湯葉がまた美味いんですよ」とか。ビールにちびちびと口をつけながら、双葉はそれらの言葉にひとつひとつ相槌を打つ。

元来口数の少ない双葉は話をするより聞く方が好きだ。

梓馬家の鍋事情を興味深く聞く傍ら、双葉は心底不思議に思う。ほとんど無言で、しかも仏頂面で頷くことしかしない自分とこうして鍋を囲んでいてもなお梓馬は楽しそうだ。

（……本当に、楽しんでるんだろうか）

気を使って楽しむ振りをしているだけではないか、と缶ビールの縁からこっそり梓馬の表情を窺うと、鍋から上がる湯気の向こうで梓馬とばっちり目が合った。

慌てて目を逸らそうとする双葉の視線を捉え、梓馬は整った顔に優しい笑みを浮かべた。

「俺のこと鍋に誘うの、どうしてあんなに迷ってたんですか？」

予期せぬ方向から飛んできた質問に双葉は危うくむせそうになる。まさか今頃それを訊かれるとは思ってもいなかっただけにとっさに言い訳が出てこない。梓馬は急《せ》かすでもなく静かに答えを待っていて、それがますます焦りに拍車をかけて、結局双葉は恥を忍んで本当のことを口にした。

「……迷惑に、なるんじゃないかと」

小さな声は鍋の煮える音にかき消されてしまったようで、梓馬がわずかに身を乗り出してくる。その顔から微妙に視線を逸らし、双葉は少し大きな声で言った。

「俺と一緒じゃ、つまらないだろう」

確認するまでもないことだけれど、と言うのはさすがに自虐的すぎるので呑み込んだ。だが気の利いた会話もできないし愛想のいい表情も作れない、終始不機嫌な顔で黙りこくっている自分相手ではそう思われるのが当然だ。

だから迷った、と続けようとすると、梓馬が腕を伸ばして双葉の空の取り皿を手に取った。菜箸でひょいひょいと器用に鍋から具を取り出した梓馬は、呆気《あっけ》にとられる双葉の前に野菜や魚で山盛りになった取り皿を差し出すと笑って言った。

「ちっとも。つまらないことなんてありませんよ」

楽しいです、と重ねて梓馬は言う。気を使っているにしては自然な口調で。

「………ありがとう」

双葉は取り皿を受け取って、しばらくしてから思い出したようにくぐもった声で答えた。さらに遅れて、社交辞令だ、と胸の中で呟いてみるが、その言葉は胸の深い部分で反発するように跳ね返される。もしかすると本気で言ってくれているのかもしれないと、終始和やかな梓馬の笑顔を見ていると勘違いしてしまいそうになる。

そんなこと、あるはずもないのに。

自分の気持ちを整理するのに手一杯でそれきり黙りこくってしまった双葉だが、梓馬はやっぱり笑って「葛きり下の方に溜《た》まっちゃってますよ」と言っただけだった。

その後も、梓馬は取り留めもなく子供の頃の話や実家の話などを続け、双葉もごくたまに短い相槌を差し挟んで食事は続いた。途中、双葉のビールがあまり減っていないことに気づいた梓馬が席を立ち、アパートの近所にある自動販売機からコーラとジンジャーエールを買ってきて即席のカクテルを作ってくれたりして、双葉も珍しく酒が進んだ。

「黒沼先生、ビールが苦手だなんて意外でした」

「……悪かったな」

「悪くないですよ、それより早く言ってくれればよかったのに。ほら、ジンジャーエールで割るとシャンティ・ガフになるんです。聞いたことのある名前でしょう?」

「だったらコーラで割ると何になるんだ」

「ディーゼルです。本当はもっと濃い味のビールで作るのが一般的ですけど」

会話は緩やかに続いて気まずい沈黙に支配されることもない。部屋の中には温かな鍋の音と穏やかな梓馬の笑い声が絶えず響き、居心地がよかった。

（……楽しい）

傍目にはそんなことを考えているとはとてもわからない無表情で双葉は思う。梓馬がいつまでも敬語なのと甲斐甲斐しく動いてくれるおかげで、なんだか気心の知れた後輩とでも一緒にいるようだ。だからつい、もう少し、あと少し、と梓馬の帰る時間を先延ばしにしているうちに、思いがけず深酒になっていたらしい。

何度目かのトイレに立った双葉が部屋に戻ってみると、さほど長く席を外したつもりもなかったのに梓馬が床に寝転がって寝息を立てていた。

双葉は酔ってフワフワした頭で室内を見回す。締めに雑炊までした鍋の中身はもうすっかり空になっていて、テーブルの周りにはビールの空き缶が幾つも転がっていた。時計を見上げると、すでに終電も過ぎた時刻だ。

とりあえずテーブルの上を簡単に片づけると、双葉は梓馬の傍らに膝をついてその肩を揺さぶった。だが、生返事があるばかりで瞼《まぶた》の上がる様子はない。

よくよく考えれば梓馬はコーラやジンジャーエールを補充するために何度かアパートと自動販売機を往復している。酒を飲んだ状態で階段を上ったり下りたりしたのだから、酔いが回るのも早かったのだろう。

終電も逃してしまったことだし今夜は部屋に梓馬を泊めることにして、双葉はクローゼットから夏用の肌かけを取り出した。それを梓馬の体にかけてやり、さすがにこれだけでは寒いだろうかと室内を見回す。と、ふいに床についていた手首を梓馬に摑《つか》まれた。

アルコールのせいかやけに熱い梓馬の指先に驚いて視線を下げると、梓馬は肌かけで鼻から下を隠した状態で薄く目を開けて双葉を見ていた。切れ長の聡明な目が、酔いのせいか少し赤い。

双葉の手首を摑んだまま、梓馬が肌かけの下で何か呟く。何？ と訊き返すがくぐもってよく聞こえず、双葉は上体を倒して梓馬の顔に耳を近づけた。梓馬は双葉の手首を摑んでいない方の手で緩慢に肌かけを払いのけると、ふらりとその手を天井に伸ばした。

梓馬の手の行方を追い一緒に斜め上を見上げると、その手が双葉の首の後ろに回された。グッと引き寄せられ、体が傾く。酔った頭ではわずかな傾斜も随分と急に感じて息が止まる。やにわに梓馬の顔が急接近して、次の瞬間、唇に温かなものが押しつけられた。

目の前に、梓馬の目元が大写しになる。呼吸の音がやけに大きい。

鼻先をアルコールの匂いが通り過ぎ、唇には何か温かなものが触れたままで、それが微《かす》かに動いたと思ったら皮膚の表面を柔らかな吐息が掠めた。

首の後ろに回されていた手がズルリと落ちて、双葉の手首を摑んでいた梓馬の手からも力が抜けた。その後室内に響いたのは、規則正しい梓馬の寝息だ。

双葉は長いこと梓馬に覆いかぶさる体勢のまま動けなかった。

しばらくしてゆっくりと身を起こすと、双葉はぺたりとその場に正座をした。

見下ろした梓馬はやはりよく寝ている。名前を呼ぼうとして、でも声が出なかった。

たった今、自分の身に起きたことがまだ理解できない。唇に触れたあれはなんだ。梓馬は一体自分に何をした?

呆然とその場に座り込み、どれほどの時間が経っただろう。

潮が引くように酔いが醒めていく頭の中に、やけに冷静な自分の声が響いた。

(……今の、俺のファーストキスじゃないか?)

キスをされた、と気づいても、驚いたり戸惑ったりするだけの余裕が戻ってくるまでには、まだもう少し時間がかかりそうだった。

＊＊＊

二時間目と三時間目の間に行われるショートホームルームには、担任の双葉はもちろん副担任の梓馬も毎日顔を出すようにしている。

教室へ向かう途中、廊下を歩いていると歌声が聞こえてきた。どこかのクラスで来月の頭に行われる合唱祭の練習でもしているのだろう。ここのところ放課後はもちろん、朝や昼休

みにも校舎は歌声に包まれる。赴任してから知ったことだが、この学校は他の学区でも噂《うわさ》になるくらい毎年合唱祭に力を入れているらしい。

教室では、梓馬が担当するクラスの生徒たちもご多分に漏れず藁半紙《わらばんし》に印刷された譜面を片手に課題曲の練習をしていた。梓馬の姿を見て席に着く者もいたが、ほとんどは双葉が来るギリギリまで譜面を手放そうとしない。

少し遅れて双葉が教室に入ってくるとようやく全員が席に着いた。梓馬は教室の後ろに立って生徒たちの姿を見渡す。双葉が今日の連絡事項を告げる間も譜面から目を逸らさない生徒が多い。中にはちらりと梓馬を振り返り目配せしてくる女子生徒もいて、苦笑と共に、前を向きなさい、と唇の動きだけで促す。

ショートホームルームが終わると生徒たちがいっせいに席を立った。ここでグスグスしていると女子生徒に囲まれてしまうことも少なくないので、梓馬は双葉に続いてすぐ教室を出た。早足で双葉に近づき、先生、と声をかける。

いつものようにTシャツの上によれた白衣を羽織った双葉が、ほんの少し歩く速度を緩めてこちらを振り返る。長い前髪の隙間から覗く不穏な目を見下ろし、梓馬は明るい笑みを浮かべた。

「一昨日はすみませんでした、一晩泊めていただいて」

双葉は軽く眉間に皺を寄せ、わずかに唇を動かしたものの結局言葉を発することなく口を閉ざしてしまう。その横顔はおどろおどろしく不機嫌だが、梓馬は笑みを崩さない。

(不機嫌なのはキスをされたことを怒っているのか、俺がそれを覚えてないことに腹を立ててるのか、どっちかな)

一昨日の土曜日、梓馬は酔って寝ぼけた振りをして双葉にキスをした。翌朝は何も覚えていない体を装い寝込んでしまったことを謝ったが、当然キスのことは覚えている。双葉は言葉少なに「気にするな」と言っただけだったが、いつも以上に無口だったのは間違いない。

隣を歩く双葉の横顔を見下ろし、自覚したかな、と梓馬は思う。

自分は大学生のとき、隣で寝ていた同性の友人にキスをされて己の性癖を自覚した。荒療治かもしれないが、一番手っ取り早い方法だと思う。昨日は朝のうちに双葉のアパートを辞去したから、その後考え込む時間はたっぷりあったはずだ。

息を潜めて反応を窺っていると、双葉の歩調が見る間に遅くなった。

廊下の端で足を止めてしまった双葉に倣い、梓馬もその場に立ち止まる。双葉は俯《うつむ》き加減で黙りこくっていたが、しばらくしてゆるゆると梓馬を見上げてきた。

「……梓馬、お前……」

地を這《は》うような低い声にも動じず、梓馬は笑顔で「なんですか?」と応じる。双葉は長いことジッと梓馬を睨み上げてから、忌々し気に視線を逸らした。

「……いや、なんでもない」

再び前を向いた双葉の横顔を、長い前髪がさらりと隠す。

明らかにキスのことを言いかけてやめた双葉に、これはどういう反応だろうと梓馬は首をひねる。キスひとつでは己の性癖を自覚するには至らなかったのだろうか。それとも酔っ払いにキスをされた腹立たしさが先に立ってその先にまで考えが及ばないのか。

(思い出した振りでもして謝っておくべきか……?)

いかにもプライドの高そうな双葉ならそういう反応もあり得るか、と口を開きかけた梓馬は、次の瞬間思いもよらないものを目の当たりにした。

真一文字に口を引き結び、前を見据える双葉の耳。無造作に伸ばした髪の隙間から見えるその耳が、嘘《うそ》みたいに赤くなっていた。

(えっ……)

ギシリと梓馬の体が硬直する。それはまったく想定していなかった反応で、とっさにどんな解釈をすればいいのかわからなかった。

しばらく双葉の耳元を凝視して、もしかして、と梓馬は信じられない思いで考える。

(……不機嫌なわけじゃなくて……照れてる?)

まさか、とすぐさま自分で否定したくなるのを無理やり抑え込み、梓馬は髪の隙間から見え隠れする双葉の耳をまじまじと見た。だとすると昨日の朝やけに口数が少なかったのも、なかなか目を合わせてくれなかったのも、終始苦虫を嚙《か》み潰したような顔をしていたのも、怒りを押し殺していたわけではなく全部照れ隠しだったということか？

それこそまさか、と梓馬は胸の中で力なく呟く。双葉に限ってそんなこと、あるわけがない。

しかしだとしたら、熟れたリンゴのように赤くなった双葉の耳をどう解釈したらいいのだろう。必死で考えたが膝を打つような回答は思い浮かばず、梓馬は愕然《がくぜん》と立ち竦んだ。

（まさか本当に……この人そういう人なのか⁉）

鮮やかな不意打ちに梓馬は本気で言葉を失う。まさかとは思うがキスひとつで相手の顔もまともに見られなくなるくらい純情な人なのだろうか。双葉のような悪人面の人間に限ってそんなことがあり得るのだろうか。

思わず双葉の前に回り込んでその表情を確かめようとしたら、背後から威勢のいい男子生徒の声が近づいてきた。

「センセー！　黒沼センセー！」

遠くから急接近してきたその声に振り向くより早く、坊主頭の小柄な男子生徒が双葉の背中に体当たりしてきた。勢いに負けて前によろけた双葉が眉根を寄せて振り返ると、小柄な生徒は待ちきれないとばかり双葉と梓馬の間に割って入ってくる。

「センセーなんで今年はうちのクラスの数学見てくんないんだよ！　俺てっきりセンセーが教えてくれると思ったから理系コース選択したのに！」

「あぁ……？　お前去年はさんざん俺の補習から逃げ回ってたくせに……」

チンピラが因縁でもつけるような胡乱《うろん》さで応じる双葉に、けれど生徒はまったく怯《ひる》まない。

それどころか双葉の腕を摑んでぶんぶんと上下に振り回す。

「補習は嫌いだったよ！　でもセンセーはスゲーんだって！　センセーに教えてもらうとミラクル起こるんだよ！　俺去年の一学期の成績三だったけど二学期は五になったじゃん！」

肩が抜けるんじゃないかと思うくらい激しく腕を振り回す生徒を好きにさせていた双葉は、あー、と気の抜けた声を上げて空いている方の手で生徒の頭に軽いチョップを食らわせた。

「痛ぇ！　体罰！」

「愛の鞭《むち》だ。ちょっと落ち着け」

「だってセンセーじゃないと俺……！」

「俺はそんなに凄くねぇよ」

抑揚の乏しい声で言って、双葉は生徒の坊主頭をぐりぐりと撫《な》でた。

「スゲーのは俺じゃなくて、目一杯頑張って成績伸ばしたお前だろうが」

それまで大暴れしていた生徒の動きがぴたりと止まる。双葉は坊主頭を押しのけると、真正面からその顔を見据えて力強い口調で言った。

「教える人間が変わったところで、お前が努力してりゃ問題ない」

生徒と同様、そのやり取りを後ろで聞いてた梓馬もうっかり呼吸を止めてしまった。

背中を丸めてぼそぼそと喋る双葉の姿は柄が悪いとしか言いようがないのに、口にしていることは随分まともというか、なんだかドラマに出てくる『いい先生』のようだ。むしろドラマよりずっと自然体で、本音をさらりと口にしているように見える。

こちらに背を向ける坊主頭の生徒にちらりと視線を向けると、案の定肩先がそわそわとして落ち着かない。嬉しいんだろうな、と想像して梓馬は口元を緩ませる。

「とりあえずわからないところがあるならノートと教科書持って俺んとこ来い。放課後は大抵LL教室の隣の準備室にいるから」

「……いいの？」

おずおずと尋ねる生徒に、双葉は軽く眉根を寄せて首を傾げた。

「当たり前だろ？」

生徒が何に気を使っているのかもわかっていないようなその顔を見て、梓馬はうっかり深い吐息をついてしまった。自分だったら、授業を受け持ってもいない生徒が突然教科書を抱えてやってきたら一応は対応するものの、心のどこかで「どうして授業を見てもらっている教師のところに行かない？」と感じてしまうだろうと思ったからだ。

晴れ晴れとした顔で手を振って去っていく坊主頭の生徒に気だるく手を振り返してやって、双葉は独白めいた口調で呟く。

「……アイツ一年のとき受け持った生徒なんだけど、多分去年の段階でもう引っかかってる箇所があるんだよな……。適当に流してる部分から教え直してやるか……」

覇気のない口調とは裏腹に、双葉は単元を遡ってまで勉強を見てやるつもりらしい。

何事か口の中で呟きながら職員室へ向かう双葉を横目で見て、意外だ、と梓馬は思う。てっきり双葉はもっと怠惰な教師だと思っていたのだが、思いがけず真面目に生徒と向き合おうとしているし、生徒の方からも好かれている。

これは、と梓馬は無言で後ろ頭を掻《か》いた。

（……俺と似てると思ってたけど、もしかして全然逆なんじゃないか？）

自分が教員になった経緯を思い返すと、そう思わずにはいられない。

梓馬は大学を卒業した後しばらくは定職にも就かず、ただ時給の高さに惹かれて塾講師になった。その後、やはり将来は安定していた方がいいと教員を目指した口だ。崇高な教育理念や子供たちへの愛情があって教師になったわけではない。

双葉はまだ真剣な面持ちで先程の生徒のことを考えているようだ。こんなふうに生徒ひとりひとりに対応しようなんて真面目すぎるくらいだ。驚嘆しつつ職員室の扉を開けた梓馬は、室内の雰囲気がいつもと少し違っていることに気づいて足を止めた。

見ると、二年の担任の席の周りに人が集まっている。まだどこか上の空の双葉を促しそちらに向かうと、梓馬はためらわずその場にいた面々に声をかけた。

「どうしました、何かありましたか？」

梓馬の声に反応した数人が顔を上げる。揃って弱り顔で、あまりいいことがあったふうには見えない。それがね、と梓馬の一番近くにいた同じ英語科の教師が喋り出す。

「体育館の裏に捨て猫がいたらしいのよ。段ボールに入って。校内に部外者は立ち入れないから、もしかしたら朝のうちに生徒が捨てたんじゃないかって話してたんだけど……」

「猫ですか……どうするんです、それ」

「それを今話し合ってたの。ずっとあそこに置いておくわけにもいかないし、だからって放っておけば勝手にどこかに行ってくれるほど大きくもないし。まだ歩くのも覚束ないくらいの子猫なんだもの」

「保健所に連絡するのが一番手っ取り早いんじゃないかって話してたんだけどねぇ」

誰かがぽつりと呟いて、その場に重い沈黙が落ちる。

確かにそれが一番話は早いだろうとなんの感慨もなく頷き、傍らの双葉に視線を移した梓馬は、その顔を見下ろして小さく目を瞬かせた。

双葉はこういうとき積極的に会話に参加するタイプではないのでずっと黙り込んだままだが、その横顔が蒼白《そうはく》だ。どうしました、と尋ねようとしたが、梓馬が声を上げるよりチャイムが鳴り響く方が早い。とりあえず続きはまた昼休みに、と集まっていた教師たちもそれぞれの持ち場へ戻り、双葉も無言で自席から教科書を取って職員室を出ていった。

うっかり声をかけそびれた梓馬は今の話題のどこで双葉が青くなるのか理由がわからず、

見間違いだろうかと首をひねりながら教科書と名簿を持って職員室を出た。

朝からぐずぐず曇り空だと思っていたら、四時間目の終わりになって雨が降り出した。まだ昼間だというのに蛍光灯の灯る、白々と明るい廊下を歩いて職員室に戻ると、机の上に個包装されたチョコレートがひとつ置かれていた。周囲を見回すと、梓馬の斜め向かいに座る英語科の教師が軽く手を上げてみせる。

「それ、実家から送られてきたんだけどひとりじゃ食べきれないから、お裾分け」

以前も梓馬に苺大福をくれた相手だ。細面の顔に眼鏡《めがね》をかけ、きりりと髪を結い上げた女性教諭に梓馬は笑顔で礼を述べる。実家からこんな高級なチョコが届くんですか、と尋ねるような無粋はしない。端から応えるつもりもないのだから詮索《せんさく》するのも残酷だ。

出勤途中にコンビニで買った弁当を鞄から取り出しつつ、また双葉のところへ持っていこうと思った。放課後に、と思ったが、確か今日は坊主頭の生徒が来るのではなかったか。

迷ったのは一瞬で、梓馬は弁当とチョコレートを手にLL教室の準備室へ向かった。双葉は昼食も準備室で食べている。一度くらい昼食を共にしようと思っていたところだ。梓馬が訪ねていくと双葉は面倒臭そうな顔をするものの、一度も追い払われたことはない。

昼休みが始まって間もないというのに、廊下を歩いているとどこからともなく歌声が響いてきた。この時期の生徒たちはゆっくり食事をする暇もないようだ。

緩やかなハーモニーを響かせる歌声に耳を傾けながら階段を下り、準備室の前までやってくる。外は雨が降っているので半地下になっているＬＬ教室前はいつにも増して薄暗い。いつもは昼間でも廊下に明かりが漏れている準備室だが、今日は電気がついていなかった。不思議に思いながら扉を叩いてみたが返事がない。引き戸を開けて中を覗き込むが室内には誰もおらず、梓馬は目を瞬かせた。

職員室に双葉の姿はなかった。数学科の部屋も滅多に行かないと本人が言明済みだ。だとしたら授業後生徒に捕まっているのかとも思ったが、この時期の生徒たちは歌の練習に忙しく、弁当を食べる時間すら削っている。滅多に声はかからないだろう。

いろいろと可能性を洗い出し、ふいに梓馬はショートホームルームの後職員室で見た双葉の横顔を思い出した。

（……まさか？）

いやまさか、と胸の中で繰り返してみるが、しばらく待っても双葉がやってくる気配はなく、梓馬は後ろ頭を掻きながら踵《きびす》を返す。その足で梓馬が向かったのは体育館だ。

内心、あり得ないだろう、と思った。

それでもなんとなく放っておけなかったのは、双葉の青褪《あおざ》めた横顔がやけに頭に残って離れなかったからだ。

土砂降りの雨の中、馬鹿馬鹿しいとは思いつつ昼食を後回しにして、傘まで差して梓馬は体育館裏までやってくる。何をしているんだか、と自分を笑い、猫の姿だけ確認したら職員室に戻ろうと思っていた梓馬は、そこで予期せぬ光景を目の当たりにして棒を呑んだように立ち竦んだ。

体育館の裏には職員室で聞いた通り、子猫の入った段ボール箱が放置されていた。段ボールは降りしきる雨に濡れ、角が無残に曲がっている。

そしてその前には、片手を白衣のポケットに突っ込んで傘を差す双葉の姿があった。

（——……本当にいた）

職員室で子猫の話を聞いていた面子の中で、一番この場にいそうもない人物がそこにいた。

梓馬はそれを、双葉から少し離れた場所でぽかんと口を開けて眺め続ける。

双葉はたったひとりで、いつまでも足元の猫を見詰めている。よく見ると傘を猫の上に差し向けているようで、白衣を着た背が雨に濡れていたが本人はまるで気にした様子もない。

斜め後ろから梓馬に見られているのも気づかず、双葉はそろそろとその場にしゃがみ込むと段ボールの中に手を伸ばした。近づいてくる影に反応したのか、段ボールの縁から灰色の体に黒い縞《しま》柄の子猫が顔を覗かせた。

うわ、と梓馬は今度こそ声に出して呟いた。双葉に対して抱いていたイメージと、今目の前で行われている彼の行動がまるでかけ離れていたからだ。

足元にすり寄ってくる動物なんて問答無用で蹴《け》り上げそうな凶悪な面相をしているくせに、

雨に濡れた子猫を撫でる双葉の指先は遠慮がちで優しく、強烈なギャップに眩暈《めまい》を起こしそうになった。憮然とした横顔は、多分子猫を心配している顔なのだろう。

（――……全然キャラと違う）

半ば呆然と胸の中で呟いて、梓馬はようやく双葉の元に歩き出した。

あと一歩のところで立ち止まると、さすがに気配に気がついたのか双葉が傘を傾けて振り返る。梓馬の顔を見た瞬間、双葉は非常にばつの悪そうな顔をして傘の下に顔を隠してしまった。

「……何か用か」

ぶっきらぼうな口調は、もしかすると照れ隠しなのかもしれない。傘の向こうで、ミャァと力ない声で猫が鳴く。頭上に広がる分厚い雲が晴れる気配はなく、このまま雨が降り続いたら双葉はずっと傘を片手にここにいるのではないかと、あり得ないけれど最早言下に否定することもできなくなってしまった想像が頭を過《よぎ》った。

こちらに向けられた双葉の背中は小さい。傘の下で丸められたそれは淋《さみ》し気で、段ボールの中の子猫よりずっと心許《こころもと》なく見えた。

「……その猫のこと、うちのクラスの生徒にだけでも声をかけてみませんか」

気がつけば、猫のためなのか双葉のためなのか、我ながら判断がつかないままそんな言葉を口にしていた。

傘越しに双葉が振り返る。驚いたように見開かれた目はいつもより険が薄れて、どこかすがるような色すら漂って見えたのは目の錯覚か否か。

雨音にかき消されそうなほど小さな声で、うん、と双葉が子供じみた返事をした気がした。

双葉と濡れた段ボールを抱えて教室に行くと、合唱祭の練習をしていた生徒たちが子猫に気づいてワッと二人を取り囲んできた。

子猫が体育館裏に捨てられていたことを告げ、誰か飼えそうな者はいないかと双葉が尋ねると、ひとりの生徒が携帯から自宅に連絡をして、早々に保護者の了解をとったと報告してきた。すでに四匹の猫を飼っている家で、両親はよく猫の里親を買って出ているらしい。

思ったよりスムーズに飼い主も決まり、子猫は放課後までＬＬ教室の準備室で双葉が保護しておくことになった。

濡れた段ボールを抱えた双葉は終始無表情だったが、内心ではきっとホッとしているのだろう。そうでなければ、雨の中たったひとりで傘を差して子猫の元を訪れたりはしない。

双葉は昼休みが終わる前に職員室の教員たちにも事の顚末《てんまつ》を報告し、そのまま段ボールを抱えて準備室へ行ってしまった。

うっかり昼食を食べ損ねたことを思い出した梓馬は、ついでにコンビニ弁当も準備室に置き忘れていたことも思い出したが、あいにく五時間目は授業が入っている。

とりあえず空腹をやり過ごして授業を終えると、梓馬はその足で準備室へ向かった。

昼休みとは違い準備室からは明かりが漏れていた。それなのに、扉をノックしても返事がない。引き戸を開けると双葉の姿はなく、長机の上に自分が忘れていったコンビニ弁当が放置されていた。

双葉は六時間目に授業が入っていただろうかと考えつつ室内に足を踏み入れ、コンビニ弁当を手にしたら足元から「ニー」とか細い泣き声が聞こえてきた。

屈《かが》み込むと、いつも双葉が腰を下ろしている丸椅子の傍らに子猫の入った段ボールが置かれていた。箱は濡れていないものと交換したらしい。猫の体を冷やさないためか、底に何か布が敷かれている。

机を回り込んで子猫の傍らに膝をついた梓馬は、猫の体の下に丸められた布を見て眉を上げた。そこに敷かれていたのは双葉が普段身につけている白衣だ。

(自分のものも躊躇《ちゅうちょ》なく猫に譲っちゃうのか……)

何から何までイメージと異なることをしてくれる、と思いつつ猫に指を伸ばそうとして、猫が腹の下にピンクのタオルを敷いていることに気がついた。

どうにも双葉に似つかわしくない色に興味をそそられそっとタオルを引き抜いてみる。ハンドタオルらしくごく小さなそれを広げ、梓馬は息を呑んだ。

ガラリと準備室の扉が開く音が背後でする。タオルを広げたまま振り返ると、今まさに部屋に足を踏み入れようとしていた双葉と目が合い、次の瞬間双葉は猛然と梓馬の元に駆け寄ってきた。

「おま…っ…何を勝手に人のものを……！」

手にしていたピンクのタオルをひったくられ、梓馬は呆然と呟いた。

「そのタオル、先生のなんですか？」

質問に双葉の顔が引き攣《つ》る。梓馬は双葉が握り締めるタオルに視線を移し、自分が今見たものを思い返す。ただのピンクのタオルならまだしも、そこに描かれていたのは幼い子供たちに人気を博している魔法少女のイラストだった。

「先生、そういう趣味が……」

我ながら場違いなくらい深刻な口調になってしまった梓馬を、珍しく大きな声で双葉が否定した。

「違う！　姪っ子からもらったんだ、使ってやらないと可哀相だろ！」

大声に怯えたのか段ボールの中の子猫が力ない声を上げ、双葉が慌てて口を噤《つぐ》む。

猫を挟み、お互い床に膝をついた状態で視線が絡むと、双葉は眉間にざっくりと深い皺を刻んで目を伏せてしまった。

いつもならまた機嫌を損ねてしまったかと大人しく話題を変える梓馬だが、今日はじっくり双葉の顔色を観察してみた。よく見ると、どことなく頬が赤く見えないでもない。

「……姪御さん、まだ小さいんですか？」

思い切って尋ねてみると、双葉は軽く視線を泳がせた後、存外素直に首を縦に振った。

「……姉の子で、今年で四歳になる」

「じゃあ、可愛い盛りですね」

双葉の視線が跳ね上がる。梓馬の顔を正面から見た双葉は、何か言いた気に口元を動かして、でも結局は小さく頷いただけだった。その口元がわずかに緩んでいることに気づいて梓馬は驚嘆の声を上げそうになった。

(本当に可愛くて仕方ないんだな)

動揺に近い驚きを覚える梓馬の前で、双葉は握り締めていたタオルを膝の上で丁寧にたたみ直した。

「実家から送られてきた野菜と一緒に、これが入ってた。姪っ子がくれたらしい。だから、せっかくだから一回くらい使ってやろうかと……」

はぁ、と梓馬は溜息混じりの返事をする。相手はまだ年端もいかない幼子なのだから使っている振りでもしてやれば十分だろうに、こうして本当に使ってしまうあたりが律儀というか、馬鹿正直というか。

「動物だけじゃなくて、子供も好きなんですね」

たたんだタオルを再び子猫の側に置いてやる双葉を眺め、梓馬は気の抜けた声を漏らした。

どうにも今日は目に映るものがすべて現実味に乏しすぎる。

双葉は柔らかなタオルに頬をすり寄せる猫を見下ろして、そうだな、と低く答えた。猫をあやす指先は、仏頂面に似合わず繊細で優しい。

「実家で姪と一緒になるといつまでも遊びにつき合ってやって、姉貴に呆れられる。でも、子供相手だとまるで飽きない」

何気なくこぼされた双葉の言葉に梓馬は鋭く反応する。そんなにも子供が好きならもしや、と探るような声が出てしまった。

「……自分でも早く子供が欲しい、とか思ってたりします?」

百発百中で同類を見分けると自負していた自分の目が狂っていたのではないかと疑い尋ねてみると、双葉はまた眉間にギュッと皺を寄せてしまった。

梓馬はその顔を正面から見据え、これはきっと不機嫌なのではなく悩んでいるのだろうと判断する。つぶさに観察してみれば、同じ憮然とした表情にも少しずつ違いがあるようだ。

「……親にもよく言われるんだけどな、早いとこ身を固めろって。でも……正直想像がつかないというか、結婚とか言われても……なぁ」

訥々《とつとつ》としながらも誠実に言葉を選び、素直に心のありようを伝えようとしている双葉の前で、梓馬はさらに慎重に口を開く。

「今まで、結婚のことを考えた彼女はいなかったんですか……?」

目を伏せて子猫の動きを目で追っていた双葉が、ふいに瞼を上げてこちらを見た。一直線に見返してくる顔には、なんの表情も浮かんでいない。

梓馬も黙って双葉の顔を見詰め返し、どうしてだろう、と頭の片隅で思う。

どうして自分はこんなにも、息を詰めて双葉の返事を待っているのだろう？

「お前な――……」

いつにも増して低い声がしたと思ったら、双葉の眉間に一際深い皺が現れた。

ああこれは怒っている、と思った途端、双葉は梓馬から目を逸らしてしまった。

「皆が皆お前みたいにモテると思うなよ。そんな相手、いたこともねぇよ」

「ということは」

まず彼女がいたこともないんですね、と続けそうになって梓馬は慌てて口を噤む。幸い双葉は段ボールの中で寝返りを打った子猫に意識が逸れて、不自然に言葉を切った梓馬には気づかなかったようだ。

（この年で彼女がいたことがない、子供は好きだけど結婚も乗り気じゃない、ということは、十中八九俺と同類か……）

梓馬はホッと胸を撫で下ろす。けれどその理由が、自分の選別眼が衰えていなかったからか、それとも何か別に理由があるのかはわからなかった。

無言で考え込む梓馬を尻目に、双葉は指先で猫の喉を撫でてやりながら左腕に嵌《は》めたシルバーの時計に視線を落とした。

「……あと一時間足らずか」

生徒に猫を引き渡すまでの時間のことを言っているのだろう。名残《なごり》惜し気に猫の顎《あご》先に触れる双葉の瞳《ひとみ》は、いつもより格段に柔和で目を逸らせない。

「そんなにこの猫が可愛いなら先生が飼ったらよかったんじゃないですか？」

「うちはアパートだからペット禁止だ。そうでなくても日中は仕事で家にいられないしな。一日中ひとりで過ごすんじゃ、コイツが淋しいだろ」

なぁ？　と優しい声で猫に声をかけてから、はたと我に返った顔で双葉は不自然な咳払いをする。決して梓馬の方は見ないまま唇を固く結び直す双葉に、照れているんだろうな、と梓馬は思う。こういうのは自分の柄じゃないとでも思っているのだろう。

元から梓馬は他人の機微に聡《さと》い方だ。最初こそ双葉の胡乱な外面に先入観が先走って思い違いをしてしまったが、今ならばわかる。手に取るようにわかる。

双葉は真面目だ。仕事に誠心誠意取り組むし、生徒には全力でぶつかっていく。その上子供や動物が好きで、多分驚くほど情に厚い。口数が少ないのは照れ屋だからではないのか。その証拠に、今も梓馬と視線が絡むと居心地悪そうに下を向く。耳が赤い。

（――……この人可愛いな！）

自分でも驚くほど唐突に、梓馬はその事実を発見する。

双葉は可愛い。見た目は可愛気の欠片《かけら》もない男だが、その内面がやたらと可愛い。梓馬はとっさに片手で口元を覆う。双葉の性格を見誤っていた頃、どうやって双葉を陥落してやろうかと想定していたプロセスが一気に崩壊したはずなのに、気分は高揚していくばかりだ。

この人を落とすのは難しいだろう、と思う。でもだからこそ、わくわくする。

(どうしてやろう)

奥歯を嚙み締め、梓馬は全身を突き上げる歓喜に似た感情をやり過ごそうと必死になる。その目の前では、自分より断然質の悪い男に目をつけられたとは露ほども気づかない双葉が、慣れない手つきで子猫とじゃれ合っていた。

＊＊＊

桜が咲くのが早かったせいか、今年は梅雨《つゆ》入りも早いらしい。まだ六月になったばかりだというのに連日の雨で、気温と共に湿度も上昇し校内はどこもかしこも蒸し暑い。

いつものように放課後の準備室で仕事をしていた双葉は、深い溜息と共に天井を見上げた。先程から窓を開けているのだが、風がないらしく室内の空気は淀んだままだ。ただ座っているだけなのに額に汗がにじんで、地味に体力が削られていく。

(恐ろしく作業効率が下がってるな……)

机の上に広げた資料を眺め、双葉は手にしたペンを放り出す。

最近の双葉は多忙を極めている。来月に行われる期末試験の準備や、秋に控えた修学旅行の準備。旅行に先駆け実地踏査を行い、そのための事前書類を作成して、もちろん旅行の日程も詰めなければならない。近いところでは今週末の合唱祭の準備もある。合唱祭に関してはほとんど実行委員の生徒がやってくれているが、双葉の学校の音楽教師の他に審査員として呼び寄せる他校の音楽教師や、音楽関係の職に就いた卒業生たちのスケジュールを調整するのは双葉の仕事だ。

今週はまだ週案もつけていないことを思い出し机に突っ伏してしまいそうになったが、倒れ込んだら最後そのまま深い眠りに落ちてしまいそうで無理やり踏みとどまる。最近は睡眠時間もまともに確保できていない。

少し気分を変えようと、双葉は机の上の書類をまとめて準備室を出ることにした。本来なら肩が凝るのであまり行きたくないのだが、今日は職員室で仕事の続きをすることにする。少なくともあの場所なら眠気に襲われることはないだろう。

椅子から立ち上がるとくらりと視界が傾いた。睡眠不足のせいか、疲労が溜まっているのか、はたまた暑さで体力がすり減っているのか。全部だろうな、と思いつつ部屋を出る。

半地下のような一階から二階へ上がり、昇降口の前を横切って職員室へ向かう途中、後ろから華やかな声に呼び止められた。

　振り返るとクラスの女子が三名、ぱたぱたと上履きの音を響かせ双葉の元へ駆けてくる。双葉の行く手を遮るように立ちはだかった女子生徒たちは、潜めた声の下に笑いをにじませて双葉に尋ねてきた。

「ね、先生、梓馬先生にあのこと訊いてくれた？」

　あん？　と双葉が眉を互い違いにすると、三人は一様に落胆した顔つきになった。

「お願いしたじゃーん！　梓馬先生に彼女がいるか訊いておいてって」

　双葉は渋い顔で身を仰《の》け反らせる。まったく最近の子供たちは色気づくのが早い。

「そんなもん自分たちで訊いたらいいだろうが」

「アタシたち相手じゃ本当のこと言ってくれるかわかんないよ」

「本当のことも言ってもらえないんじゃ端から脈なしだろ」

　ひっどい！　と憤慨した面持ちで生徒たちが双葉を囲む輪を狭めてきて、双葉は一歩後ろに下がる。どうにもこうにも、女子の集団は苦手だ。

　結局根負けしたのは双葉の方で、わかったよ、とぶっきらぼうな口調で答えた。

「機会があったら訊いといてやるから」

「また適当なこと言ってるでしょ！」

「あー、ほら、それよりあの、歌の練習始まってんじゃないのか？」

ごまかすつもりで言ってみると、三人は揃って顔を見合わせ慌ただしく回れ右をした。どうやら本当に放課後の練習中だったらしい。

「じゃあ先生、絶対訊いておいてね！」

「あと、うちらのクラス今ピロティで練習してるから、後で見にきて！」

かしましく用件を言い置いて去っていく三人に手を振り返してやって、双葉は傍目にはわからないほど微かな苦笑を口元に浮かべた。合唱祭までもう一週間を切っているので生徒たちも必死だ。

そういえば教員も余興で一曲歌わないといけなかったな、とまた気の重くなることを思い出して双葉は職員室の扉を開ける。

職員室の席は幾つかの島に分かれていて、ほとんどが学年の担任ごとに固まっている。机は向かい合わせに配置され、双葉の席は廊下側に近い場所だ。

書類を抱えて席に着こうとして、自席の隣で仕事をしている梓馬に目が行ってしまい双葉の足取りが鈍った。

梓馬は英語科の部屋より職員室にいる方が多いから顔を合わせることくらい想定できていただろうに、たった今まで思いつかなかった自分にまた溜息が漏れそうになる。どうにも頭の回転が遅い。

梓馬は双葉に気づくと、驚いた顔で軽く目を瞠った。

「珍しいですね、黒沼先生が職員室にいるなんて」

「ああ……たまにはな……」

適当に返して双葉も席に着く。さらに珍しいことに二年の担当教諭はほとんどが出払っていて、双葉たちの周囲はほぼ無人だ。

しまった、と双葉は胸の中でぼやく。これではとても集中できそうにない。準備室にいた方がまだましだと思ったが、すぐに席を立つのも不自然な気がして動けない。

資料を揃える振りをしながら、双葉はちらりと梓馬の様子を窺った。梓馬は机の上に広げた資料にさらさらと何か書き込んでいるようだ。提出書類だろうか。それとも明日の授業の準備か。梓馬の整った横顔を目の端で捉え、双葉はひっそりと吐息をついた。

鍋をするため梓馬を自宅に招いてからすでに二週間が経つ。ついでに、自分がファーストキスを喪失してから二週間だ。

あのときの梓馬が酔っ払っていたことはわかっている。現に翌朝目が覚めたとき、梓馬はキスのことなど一言も口にしなかった。きっと記憶から抜け落ちているのだろう。覚えていないのを無理に思い出させるのも可哀相だと、自分も今日まで何も言わずにきた。こうなるともうあのキスはなかったも同然なのだからさっさと忘れてしまえばいいのに、妙なところで生真面目な双葉には簡単にそれができない。梓馬の顔を見るたびにあの夜のことを思い出し、ろくに目も合わせられないありさまだ。

さすがに梓馬もそろそろ異変を感じ取っているのではないだろうか。露骨に避けているつもりはないが、どうしても体は逃げ腰になってしまう。

いい加減あの夜のことは吹っ切るつもりで、双葉は珍しく自ら梓馬に声をかけた。

「……最近何か、困ってることとかないか？」

取っかかりを摑めず唐突に声をかけたためか、梓馬は一瞬自分が話しかけられていると気づかなかったらしい。ペンを持ったまま視線を左右に動かし、周りに自分たちしかいないことを確認するとようやく双葉と顔を合わせて目を瞬かせる。

「いえ、今のところ特には……」

さすがに突然すぎたらしい。そっちこそ何かあったんですか、と今にも問い返してきそうな梓馬を、双葉は片手を振って押しとどめる。

「まともに仕事してて何もないってことはないだろ」

梓馬が言葉を詰まらせる。その表情を見て初めて自分の言葉が相手を不快に思わせる可能性を孕《はら》んでいることに気づき、双葉は頭を抱えたくなった。

「……違う、お前がまともにやってないって言ってるわけじゃなくて、俺は初任の頃迷ってばっかりだったから」

この言葉はフォローになっているのだろうか。自分と比較されてますます梓馬が気分を害してしまわないことを祈りつつ、双葉は勢いに任せて続けた。

「後になってから、びっくりするほどいろんなものを見逃してることに気づくんだよ。生徒との会話とか、授業中の態度とか、ノートとか小テストの答案用紙とかそういう他愛もないものの中に意外と見落とせないものがあったんだって気がつくのは、いつも大分後になってからなんだ」

　会話の方向はこれで合っているのかどうか。自分でもよくわからないが、言葉を切って梓馬の反応を確認するのが怖い。結果、双葉はいつになく饒舌《じょうぜつ》になってしまう。

「お前の教科は文系も理系もどっちも受験で必要になってくるから、きちんと生徒に理解させてやってくれ。クラスの平均点だけ上がっても、きちんと基礎から理解してる生徒は意外と少なかったりするもんだから……」

　梓馬の方を向くこともできず、双葉は手元の資料を無意味に手繰りながら言った。

「だから……、ルーティンにすんなよって。授業も受験も、俺たちにとってはこの先何年も続く仕事でも、生徒にとっては一生に一度のことなんだから……」

　そこまで言って言葉が尽きた。

　言ってしまってから、先輩風を吹かせすぎたかと後悔する。普段まともに他人と口を利かないものだから、いざ話しかけようとすると会話が斜めに飛んでいく。そうして居心地の悪い思いをしては、もう無駄な口を利くまいと毎度心に決める羽目になる。

　またいつものパターンだ、と今度こそ机に突っ伏しそうになったところで、梓馬がやけに神妙な声を出した。

「……そうですね。本当に、そう思います」

恐る恐る隣の梓馬に目を遣ると、梓馬は口元に手を当て真剣な顔で何か考え込んでいた。

そんなに大層なことを言った覚えのない双葉はいっそ聞き流してくれ、と訴えそうになるが、梓馬はうろたえる双葉に視線を向けると端整な顔に穏やかな笑みを浮かべた。

「講師をしていたときも結構忘れがちだったんです。生徒は毎年新しく入ってくるし、仕事は代わり映えがないし。でも、生徒たちにとっては試験も受験も、まして高校生活なんて一生に一度のものなんですよね」

「あ、あぁ……まぁな」

「改めて言ってもらえると身が引き締まります。ありがとうございます」

礼など言われると逆に尻の据わりが悪くて双葉は短い相槌を打つことしかできない。偉そうなことを言った自分が急に気恥ずかしくなり、双葉は慌てて話題を変えた。

「あと、お前彼女とかいるのか?」

とにかく話を変えたい一心で思いついたことをそのまま舌に乗せた双葉は、直後ハッとして口を噤んだ。ぎこちなく首を巡らせて隣を見ると、梓馬も驚いた顔で大きく目を見開いている。いくら会話の展開が下手だからといって我ながらどうかしているとしか思えない話題の転換に、双葉は焦って言い添えた。

「せ、生徒に訊かれたんだ！　どうしてもお前に訊いておいてくれって……！」

　職員室という場所も忘れ、つい声が大きくなった。遠くの席から他の職員の視線が飛んでくるのを感じ、双葉は語尾と一緒に空気を飲み込む。梓馬はしばらく呆《ほう》けたような顔をしていたが、ああ、と吐息混じりに呟くと額に片手を押しつけた。

「なんだ、びっくりした」

「……悪い、生徒の戯言《たわごと》だから、別にまともに答えなくても」

「いませんよ」

　双葉の言葉尻を奪って梓馬は答える。

　落ち着かない手つきで資料をめくっていた双葉は、きっぱりした返答に目を瞬かせた。

「……冗談だろ？」

「どうして冗談なんです。本当にいませんよ」

　肩を竦めて梓馬が苦笑する。梓馬ほどの男が恋人のひとりもいないとは信じられず疑いの眼差《まなざ》しを向けてみたが、梓馬は笑って「いませんって」と繰り返すばかりだ。

「……いないのか」

　気の抜けた声で確認とも質問ともとれない言葉を口にすると、梓馬は緩く微笑《ほほえ》んだまましっかりと頷いた。途端に、双葉の肩からふっと力が抜け落ちる。まるで何かに安堵《あんど》したときのように。

（――……あれ）

梓馬に恋人がいない。そのことにホッとする理由がわからず双葉は茫洋《ぼうよう》と視線をさまよわせる。机に肘をついて指先で額を支えると、なんだかやたらと頭が重く感じた。

「黒沼先生？　どうしました、具合でも悪いんですか？」

双葉の異変に気づいた梓馬に顔を覗き込まれそうになって、双葉は緩慢に首を振った。

「ちょっと、暑気にあたったらしい」

「あぁ、最近やたら蒸し暑いですからね。……放課後ぐらい白衣脱いだらどうですか？」

小さく笑いながら梓馬に指摘され、そうだな、と双葉も頷く。体の内側に熱がこもっているようで、指先で触れる額もいつもより熱く感じた。

「気分転換に外行ってくる」

やはりこれ以上梓馬の隣にいるのは難しい。特にこんな体調の思わしくないときは。判断するが早いか、双葉は座ったばかりの椅子から立ち上がった。

「先生、外ってどこに？」

「ピロティ。うちのクラスが今そこで歌練してるらしい」

じゃあ、と軽く手を振り職員室を出た。途端に肩や背中に暑く湿った空気がのしかかって膝が折れそうになる。梓馬の視線から逃れられてホッとしたのか、それとも本当に体調を崩しているのか。

（……参った。いつまで引きずってんだ、俺は）

キスのことなど忘れようと思うのに、意志に反して体は顕著に反応する。梓馬の隣に立つとどうしても全身が緊張してしまう。

いっそ梓馬に打ち明けて笑い話にしてしまおうかとも思ったが、男同士で、しかも自分にキスをしたなんて知ったら梓馬がショックを受けるのではないかと思うとそれもできず、結局全部自分の内側に溜め込んだ双葉は深々とした溜息をつくことしかできなかった。


ピロティは校舎と校舎を繋ぐ渡り廊下の真下にあり、雨が降っても濡れる心配がない。白衣のポケットに両手を突っ込んでピロティまでやってくると、ちょうどクラスの生徒たちが自由曲の練習をしているところだった。

合唱祭はアカペラだ。自由曲も課題曲もほぼ全学年がソプラノ、アルト、テノール、バスからなる四部合唱で、すべてのパートが高らかに響き合う歌声には迫力がある。

双葉はピロティの壁に凭《もた》れかかり、生徒たちから少し離れた場所で合唱に耳を傾けた。あまり音楽には詳しくないので細かい音が外れているかどうかはよくわからないが、率直に綺麗な響きだと思った。

壁に凭れたまま目を閉じると少し気分がよくなる。頭痛が薄れ、眩暈がやんだ。

最後にたっぷりと伸ばされた歌声が途切れると、双葉は白衣から両手を出して軽く拍手をした。こちらに背を向けて合唱していた生徒たちが振り返る。

「上手いもんだなー。でもそろそろ下校の時間だぞ」

パスパスと乾いた音を立てて拍手をしながら生徒たちに下校を促すと、周囲からいっせいに不満の声が上がった。

「いいじゃん先生、もう少しくらい！」

「よくねぇだろ、校則違反だぞ」

「いつもだったらそんなに厳しくないくせに！」

「いつもはお前らそんなにでかい声出して歌ってないからな。あんまり遅い時間までそれやってると、近隣住民から苦情がくるんだよ」

帰れ帰れ、とけしかけても一向に生徒たちは動かない。訴えるような目でこちらを見詰める生徒たちの顔を見渡し、双葉は力ない溜息をついた。

「……わかった、じゃあ、ラスト一回な」

やった、と歓声を上げる生徒たちに、双葉は声を大きくする。

「あとお前ら、練習に夢中になるのはいいけど途中できちんと水分取れよ！　まだあんまり暑くないからって油断すんな、湿度が高いと熱中症になりやすいんだからな！」

はーい、と揃って返事があり、合唱の名残かやけに綺麗にハモったその声にまた笑いが起こる。

再び指揮者の前に並び直し、鍵盤ハーモニカで最初の音を確認し始めた生徒たちから離れ、双葉は白衣の下のTシャツをつまんで胸に風を送り込んだ。生徒たちの熱気は大したもので、側にいるだけで蒸し暑い。人口密度が高いせいもあるだろう。あんな密集した状態で歌い続けていたら、本当にそのうち誰か倒れるのではないかと心配になる。

再びピロティの壁に背をつけて生徒たちを見守っていると、先程とは違う曲が始まった。課題曲だ。ここ一ヶ月毎日聞かされていた歌なので、双葉の耳にも馴染みが深い。

静かな旋律に耳を傾けていると、ギィ、と鈍い音を立てて校舎に繋がる扉が開いた。扉の側に立っていた双葉が目を向けると、現れたのは梓馬である。

梓馬はピロティ一杯に響く歌声にほんの数秒動きを止めてから、そっと扉を閉めてピロティに下りてくる。双葉に気づくと軽く会釈をして、ごく自然にその隣に並んで立った。

「……すみません、俺も一度練習してるところが見てみたくて」

「……別に謝るようなことじゃないだろ。むしろ時間があったら見に来てやってくれ」

生徒たちからは離れた場所に立っているのだからこちらの声など聞こえるはずもないのに、無意識に二人揃って声を潜めていた。緩やかな旋律を辿《たど》る課題曲が終わり、続けて自由曲に突入する。

ドッと勢いをつけて和太鼓が鳴るような、男子生徒の低く激しい旋律で始まる曲は、日本の古い民謡なのか、はたまた民謡をアレンジして作られた現代曲なのかわからないが、独特の音階を伴って一気にテンポを上げていく。

「……難しい曲ですね。でも、よく歌えてる」

感心した声音で梓馬が呟いて、双葉も深く頷く。

たかが学校行事と言ってしまえばそこまでなのに、生徒たちは本当に一生懸命だ。自分が学生の頃もああだっただろうかと思い出そうとしても上手くいかない。時々ふっと、熱の塊のような生徒の姿に羨望《せんぼう》や憧憬《しょうけい》に似た感情を覚えてしまう。

熱っぽい体を壁に預け目を閉じて合唱に耳を傾けていると、やがて先程と同じように最後の音が長く尾を引いて空気に溶けていった。歌声がやみ、密やかな雨の音が久方ぶりに意識に浮上する。

「あ、梓馬先生もいる」

雨音の中に漂う余韻は、生徒の溌剌《はつらつ》とした声にかき消された。目を開けると、合唱を終えたばかりの生徒たちがぞろぞろとこちらにやってくるところだ。

どうだったー？　と気楽に感想を求めてくる生徒たちに、双葉が「学年優勝も狙《ねら》えるんじゃないか」と真顔で答えてやると周囲からキャッキャとはしゃいだ笑い声が上がった。

「完璧だ。練習も十分だから、お前たち寄り道せずに家に帰れよ。間違ってもどっかの公園でこれ以上練習なんてしないように」

「先生またそれー？」

「もう日も落ちて暗いんだから当然だ」

　ほらほら、と生徒たちをピロティから追い出そうとしていたら、少し離れた場所から切羽詰まった声が上がった。

「ちょっと、大丈夫？　立てる？」

　不安をにじませた声に気づいてそちらを向くと、先程まで合唱をしていた場所に三人の女子生徒が固まっていた。しかもそのうちのひとりはピロティの柱に背中を預けて座り込んでいて、双葉は慌てて三人の元へ駆け寄った。

「どうした！　大丈夫か――……」
　二、三歩走ったところでいきなり目の前が白くなった。胃の奥から唐突な吐き気が込み上げ、そのままよろけそうになったのを無理やり抑えて双葉は生徒たちの元へ駆けつける。
　振り返った二人の生徒が弱り顔で双葉を見る。職員室へ行く前、廊下で言葉を交わした生徒たちだった。二人共あのときの華やかな笑顔が嘘のように深刻な表情で、柱に凭れて座り込む生徒に至っては俯いて胸元を押さえている。

　双葉は襲いくる吐き気や、ぶり返した頭痛を懸命にやり過ごしその場に膝をつく。その横顔は血の気が引いて額には冷や汗まで浮かんでいたが、双葉は自分を顧みるのも忘れて俯いた生徒の肩に手をかけた。

「大丈夫か、気分でも悪くなったか？」

声をかけても生徒からは明確な答えが返ってこない。そうこうするうちに梓馬もやってきて、座り込む生徒の正面に膝をついた。

「どうしたの、具合が悪くなった？　吐き気は？」

梓馬に声をかけられてようやく生徒が顔を上げる。反対に、双葉は頭を下げてしまった。最早体を起こしているのが辛《つら》い。胃が波打っているようで呼吸が引き攣る。

「立てる？　手を貸すから……歩くのは平気そう？　だったら保健委員、いや、君たちでもいいか、保健室に連れていってあげて」

梓馬に助け起こされて柱に凭れていた生徒が立ち上がる。ホッとして双葉が床に片手をつくと、傍らに再び梓馬が座り込んだ。

「黒沼先生、大丈夫ですか？　顔が真っ青ですよ」

息苦しさに顔を歪《ゆが》めていた双葉は面を上げ、心配顔でこちらを覗き込む梓馬に怪訝な視線を向けた。

「……お前、何やってんだ？　早く生徒を保健室に連れていけ」

「いえ、彼女は他の生徒に任せましたから。それより先生の方がひどい顔色ですよ」

そんなことを言う梓馬の後ろでは、先程まで座り込んでいた生徒が友人に手を引かれ、心許ない表情でこちらを振り返りつつ校舎に入ろうとしている。不安気な女子生徒の顔を遠くに見て、双葉は思わず目の前の梓馬の胸倉を乱暴に摑んでいた。

「俺に構ってる場合か……！　アイツらが途中でまた歩けなくなったらどうする！　お前も一緒に保健室まで連れていけ！」

でも、と眉を顰めて何か言い募ろうとする梓馬の胸倉をさらに摑んで引き寄せ、双葉は抑えた声で梓馬を怒鳴りつけた。

「馬鹿か……！　俺たち教員は生徒の命を預かってんだぞ！　何かあってからじゃ遅いだろうが！　優先順位を間違えるな！」

他の生徒たちもまだちらほらとピロティに残っているので大声を出すことこそしなかったが、低く震えた双葉の声には相手を圧倒する凄みがあった。青白い顔で、でも真っ向から自分を睨みつけてくる双葉に梓馬は一瞬口を噤み、続いてその場に立ち上がる。

「待った、俺も一緒に行く」

すでにピロティを出かけていた生徒たちに駆け寄って、梓馬は先程座り込んでいた生徒の背を支える。ホッとした顔で梓馬を見上げる生徒の横顔に双葉も安堵の溜息をつき、重い体を引きずってピロティの柱に背中を預けた。両足を投げ出し、先程の生徒と同じように座り込んでいると今度は男子生徒たちがわらわらと集まってくる。

「センセーどうした？　なんか顔真っ白だぞ」

「あー……なんでもねぇよ。お前らも帰れ」

「えー？　放っておける感じじゃねぇもん。水でも持ってこようか？」

「大丈夫だって……」

答える声が尻すぼみになる。座っていることさえもきつい。床に倒れ込んでしまいたいが生徒の手前それもできない。

周りで生徒たちがガヤガヤと何か言っているが、その声すらも遠のいていく。体の内側に熱が溜まって、頭が重い。指先ひとつ動かすのも億劫《おっくう》だ。意識まで遠ざかりそうだと思ったとき、鼻先をさっぱりと甘い匂いが掠めた。

(あ……。梓馬の匂いだ)

梓馬の、というか、梓馬が普段からつけている香水の匂いだ。重たい瞼を無理やり開けて傾きかけた顔を起こすと、思った通り目の前に梓馬がしゃがみ込んでいた。

もう保健室から戻ってきたのか。生徒を送り届けたにしては随分早い。それとも自分の時間感覚が狂っているのかもしれない。

「立てますか、無理なら背負います」

真顔で問われ、双葉は浅い息を吐いた。背負う、という言葉が一瞬理解できず、一呼吸おいてからやっと梓馬が自分を負ぶってやろうと言っているのだと理解する。

「……いい、立てる」

梓馬の申し出を断って立ち上がろうとするが、体は自分のものとは思えないほどに重く、床に手をついても一向に腰が上がらない。だからといって大の男が誰かに背負われるというのも抵抗があってなんとか自力で立ち上がろうとするが、無理に体を動かすとまた吐き気と眩暈に襲われてしまい、力なく口元に手を当てたところで梓馬が実力行使に出た。

双葉の正面から真横に回り込んだ梓馬が膝の下に腕を差し入れる。背中にも腕を添えられ、引き寄せられたと思ったら体が宙に浮いた。

おー、と周囲から男子生徒たちの歓声が上がる。

おんぶどころか横抱きにして抱き上げられたらしいと気がついても、最早抵抗する気力が残っていなかった。梓馬の胸は広く、凭れかかってもびくともせず、自然と体から力が抜けた。不快な気分と一緒に、意識もスゥッと遠ざかる。

男同士でお姫様抱っこってどうよー、とからかう男子生徒たちの声が遠く聞こえ、本当にどうなんだそれ、と胸の中で呟いたところで双葉の意識は途切れた。


耳の奥で血の巡る音がする。サァサァと細かく、間断なく。

子供の頃はこの音の出所がわからずひたすら耳を澄ませていた。周囲ではなんの音もしていないはずなのにずっとどこからか聞こえてくる、これは一体なんだろう?

耳に心地よいその音が、全身に巡る血の音ではなく雨の音だと気づいて目を覚ました。

目を開けると真っ白な天井とカーテンレールが視界に映り、双葉はぼんやりと瞬きをする。

ここはどこだと思う間もなく、今度は見慣れた顔が真上からこちらを覗き込んできた。

「気がつきました？　気分はどうです？」

心配顔で問いかけてきたのは梓馬だ。

梓馬の顔と、その後ろのカーテンレール、さらに自分がベッドに横たわっていることを自覚して、ようやくここが保健室だと察しがついた。掠れた声で「悪くない」と答えると、梓馬は目に見えてホッとした顔をする。

「熱中症だそうですよ。それから、睡眠不足」

ベッドの側に引き寄せた丸椅子に腰かけた梓馬が説明をしてくれる。梓馬の声の他には雨音しか聞こえない保健室で、仰向《あおむ》いたまま双葉はぽつりと呟いた。

「……生徒は？」

言葉少ない双葉の意図を正しく汲み取り、梓馬はすぐに欲しい答えをくれる。

「大丈夫ですよ。軽い貧血だそうです。他の生徒と一緒にとっくに下校してます」

返答に、双葉は深く息を吐いた。ようやく人心地着いた気分で目を閉じかけ、はたと我に返ってベッドに腕をつき身を起こす。

「そうだ、俺をここまで運んだのは――……」

「あ、まだすぐには起きない方がいいですよ。運んだのは俺です、途中で気を失ってしまうからびっくりしました」

それを言うならこっちの方がよっぽどびっくりした、と言いそうになったが、それより先にまた体が傾いだ。梓馬の言う通り急に起き上がらない方がよさそうだ。

双葉は枕《まくら》に後ろ頭を押しつけ、ベッドの側に腰かける梓馬を無言で見上げる。

意識を失う直前の記憶が確かなら、梓馬は自分を横抱きにしてここまで運んでくれたはずだ。お姫様抱っこ、とはしゃいで言い募る生徒たちの声も聞こえた気がする。

他に方法はなかったのか、とか、あの後生徒たちにさんざんからかわれたんじゃないかとか、聞きたいことは山ほどあったが今は礼を述べるのが先だ。

「……悪かったな。ありがとう」

梓馬だって男を横抱きにするなんていい気分ではなかっただろうに、そんな素振りはおくびにも出さず双葉の布団をかけ直す。

「あまり無理をしないでくださいね。職員室でも気分が悪そうだったでしょう？　具合が悪いと思ったら、すぐに休憩をとってください」

ポン、と双葉の胸の辺りを布団の上から叩いて、梓馬は珍しく気弱な笑みを浮かべた。

「これでも、心配したんですよ」

本気で自分を案じていたのがわかるその表情にうろたえ、双葉は視線を揺らめかせた。窓際に置かれたベッドからは、外がすっかり暗くなっているのが見て取れる。時間を尋ねれば、自分が倒れてから一時間以上が経過していた。

（……俺が眠ってる間、コイツずっとここにいたのか？）

目が覚めたときすでにベッドの脇《わき》に腰を下ろしていたということは、きっとそういうことなのだろう。こちらを見下ろしてくる瞳も気遣わし気で、双葉は無言で目を伏せた。

普段から腹痛でも起こしているような顔をしている双葉は、怪我《けが》をしても具合が悪くてもあまり周囲にそれと気づかれることがなく、こんなふうに他人に心配されるのに慣れていない。心配した、と言われても、謝ればいいのか礼を言えばいいのかさえわからなかった。

言葉を探しているうちに眉間に皺が寄ってきて、また不機嫌な顔になっているのだろうと思うと布団を顔の上まで引き上げてしまいたくなる。どうしてこういうとき気の利いた返事を思いつかないのかと歯痒《はがゆ》く思っていると、梓馬が穏やかな声で双葉を呼んだ。

「黒沼先生、これからはもっと俺にも仕事を振ってください。一応副担なんですから。先生はひとりで頑張りすぎです」

目を上げると、梓馬が困った顔で笑っていた。頑張りすぎだなどと言われても身に覚えのない双葉は、無意識のうちにますます眉根を寄せる。

「それほどは……忙しくもない。お前はお前の仕事だけやってれば十分——……」

「本気で言ってるんですか。テストの準備に修学旅行の実踏、合唱祭の準備と部活の顧問に、放課後の補習までやっているくせに？　最近土日もなかったでしょう。それに黒沼先生は他の先生たちよりずっと授業の準備にも時間をかけているんですから」

予想外にきっぱりとした梓馬の口調に驚いて、双葉はたどたどしく反論する。

「いや、授業の準備は、普通だ……」

「俺、他の先生の週案片っ端から見せてもらいましたけど、黒沼先生ほど紙面を真っ黒にしてる人いませんでしたよ」

そう言われてしまうとぐうの音も出ない。と同時に、思いがけず梓馬が自分のことをよく見ていたことも初めて知った。

「何事も全力で取り組む姿は尊敬しますが、見ていて少し心配です」

とっさに何か言い返そうとしたが、こうして倒れてしまった後では何を言っても説得力に欠ける。すごすごと黙り込んだ双葉はちらりと梓馬の顔を見上げ、目が合った瞬間自分でも予期せず素早く視線を逸らしてしまった。

梓馬は緩く笑っていた。でも、瞳の奥にこちらを案じる気配があった。

直そうと思ってもなかなか直らない猫背のせいか、はたまたぼそぼそと聞き取りにくい声のせいか、双葉はあまり熱心に仕事に取り組んでいるように見られない。そんな自分を「頑張りすぎだ」と労《いたわ》ってくれる者など滅多におらず、だからどうにも、調子が狂う。

しかもこうして梓馬と二人きりで向かい合ってしまうとどうしても先日のキスのことを思い出してしまい、双葉は本気で布団の中に潜り込んでしまいたくなった。体の内側にこもった熱も上昇したようで、うっかり喉から低い呻《うめ》きが漏れる。それを体調が悪化したとでも勘違いしたのか、梓馬が腕を伸ばして双葉の額に片手を乗せてくる。ヒヤリした掌《てのひら》に驚いて息を呑んだ双葉には気づかず、梓馬は軽く眉を顰めた。

「まだ少し熱っぽいみたいですね……。もう少し休んだ方がいいんじゃないですか？」

「い、いや、さすがにこれ以上ここで寝てるのは……」

「だったら、職員室から先生の荷物取ってきますから。今日はそのまま帰ってください」

優しいが有無を言わさぬ口調で言い渡され、双葉はごく小さな動作で頷いた。その間も、額に乗せられた梓馬の手は動かない。掌が触れた瞬間こそ全身を緊張させた双葉だったが、段々その重みと冷たさが心地よくなってきて、とろりと瞼が重くなった。

相変わらず外では雨が降っている。静かに夜気を満たす雨音と、さらりと冷たいシーツの感触、それから梓馬の掌の重みに、またぞろ意識が遠くなる。

「俺が戻ってくるまで、もう少し眠っていてください」

梓馬の声が雨音でにじんで聞こえる。返事をしたつもりだったが、唇からは掠れた吐息が漏れただけで声にならなかった。

クスリと梓馬が笑う気配。梓馬の声はもう雨音と同化してしまって、よく聞き取れない。

「……弱ってるときにつけ込むのは、フェアじゃないですからね」

ギリギリ言葉として捉えられたそれも意味を成すには至らず、双葉の意識は雨の音の中に溶けていってしまったのだった。

六月の二週目。週末の金曜日に合唱祭は行われた。

学校からほど近い場所にある市民会館の大ホールを借り、なんとか審査員の都合もつけて挑んだ当日、双葉たちのクラスは学年優勝こそ逃したものの、三位入賞の好成績だった。それでも生徒たちは悔しがって涙を流す者さえいたのだから、合唱祭に対する熱の入れようは尋常でなかったのだろう。

泣いたり笑ったり忙しい教え子たちを前に双葉が一言『俺はお前らの歌が一番よかったと思うけどな』とぽつりと呟いたりしてますます生徒を泣かせる一場面などもあったが、合唱祭は例年通り滞りなく終了した。

大きなイベントをひとつ終えようやく肩の荷が下りたのも束の間、来月の頭には期末試験が控えている。月末には修学旅行の実踏にも行かなければいけないいし、今のうちにできるだけ仕事をこなしておこうと、双葉は相変わらず忙しい日々を送っていた。

その日、双葉は珍しく職員室で仕事をしていた。だが、隣の席に梓馬の姿はない。

キスの一件以来、どう頑張っても梓馬の前に立つと挙動不審になってしまう双葉にとっては仕事のはかどるありがたい状況のようだが、現実にはそうでもないから難しい。

合唱祭の実行内容をまとめる書類を書きながら、双葉はちらりと視線を上げる。双葉の相向かいの席には英語科の女性教諭が座っているのだが、先程からずっとその隣に梓馬が立って何やら熱心に話し込んでいるのだ。

　時々耳に飛び込んでくる会話を聞く限り、授業の進行具合や試験内容について梓馬が教えを乞《こ》うているらしい。同じ英語科同士話も弾むのだろう、梓馬の柔らかな笑い声が聞こえてくるたび、双葉のペンは一時停止してしまう。

　まるで聞き耳を立てているような状況に後ろめたさを覚え、なるべく二人の会話に耳を傾けないようにするが距離が近すぎる。双葉はペンの後ろでゴリゴリとこめかみを掻いた。

（……随分長く話し込んでるんだな）

　普段なら他人の会話が作業の邪魔になることはないのだけれど、今日はやけに気になる。

　梓馬は普段、あまり自分からあれこれと質問をしてくるタイプではない。むしろこちらが何か困っていることはないかと尋ねても、特にないと笑って受け流すことがほとんどだ。

　それでも今の今まで、梓馬が一番頼ってくるのは自分なのだと双葉は思っていた。質問こそほとんどないが、何かあれば梓馬は真っ先に双葉に声をかけてくる。

　梓馬の指導を任されているのは双葉なのだから当然と言えば当然で、それ以上の意味などないことは百も承知なのだが、こうして梓馬が自分の方を見もせずに他の教員と熱心に話し込んでいるのを見ていると、どうしたことか一抹の淋しさを感じずにはいられない。

（……子供か、俺は）

　気がつけばまた梓馬と女性教諭を目の端に捉えている自分に気づき、双葉は改めて目の前の書類に集中しようとする。それなのに、こんなときに限ってやけに耳が聡い。

「あれ、先生眼鏡変えました？」

梓馬の声にまたしても手が止まってしまった。ついつい視線を上げると、女性教諭が気恥ずかし気に眼鏡のブリッジを押し上げているところだ。

「よく気がついたわね。生徒も誰も気がつかなかったのに……」

「本当ですか？　いつもは茶色いセルフレームでしたよね？　全然違うのに」

生徒と同様、今までまったく目の前に座る女性教諭の変化に気づいていなかった双葉はしげしげとその横顔を見詰める。言われてみれば、見慣れた縁の太い眼鏡が縁なしに変わっているようだ。

「フレームレスの眼鏡って珍しいですよね？　昔は結構あったのに、最近は店でもあまり見かけなくて」

「あら、梓馬先生も眼鏡のお店に行くことなんてあるの？　もしかしてコンタクト？」

「いえ、目は悪くないんですけど、最近パソコン用の眼鏡を探してるんです」

和やかに続いていた会話がそこでふつりと切れる。梓馬が言葉を止め、正面から女性教諭の顔を見据えたからだ。ごく短い沈黙の後、真剣な面持ちだった梓馬の顔がフッと緩んだ。

「……いいですね、その眼鏡。凄く似合ってますよ」

その瞬間、女性教諭の頬にパッと赤みが差した気がして、双葉は慌てて手元に視線を落とした。なんだか見てはいけないものを見てしまった気分で、胸の内側に動揺が走る。

自分がうろたえる必要なんてないはずなのになかなか心は静まらず、この場にいることになんともいえない息苦しさを覚え双葉は静かに席を立った。煙草でも吸ってこようと職員室を出て一階に下りる。

ＬＬ教室の隣にある非常階段へ出ると、今日もしとしとと雨が降っていた。予報では梅雨明けは来月になるらしい。連日雨が降り続いている。

一階から二階へ上がる途中の階段で足を止め、双葉は煙草に火をつける。

雨の日は、なぜかいろいろなものの匂いが濃くなる気がする。濡れた土の匂いと石の匂い、非常階段の鉄さえ微かな匂いを放っているようで、それを煙草の匂いが薄く覆う。

昼から細く煙を吐きながら、雨が降ると煙草が吸いたくなる、と梓馬が言っていたことを思い出した。わからないでもない。雨音を聞きながら煙草を吸うと、いつもより気分が落ち着く気がする。

そこまで考えて、双葉は煙と一緒に盛大な溜息をついた。梓馬の存在がやけに気になるから職員室を抜け出してきたというのに、ひとりになってもまた梓馬のことを考えている。

気分転換にもならない、と双葉は携帯灰皿で煙草を揉み消し非常階段を上った。

三階の踊り場で足を止めて校庭を見下ろす。雨が降っているのでさすがに部活をする生徒の姿はなかった。

何をしているんだか、と双葉は呆れ気味に思う。酔った梓馬にキスをされてからというもの、自分は梓馬を意識しすぎている。梓馬はあんなこと覚えてもいないというのに。

自分も忘れてしまえばいいとは思うものの、どうしても上手くいかない。それどころかキスのことから梓馬に横抱きにされて保健室に運ばれたことまで芋《いも》づる式に思い出してしまい、ますます落ち着かない気分になる。

忘れようと努めれば努めるほど、柔らかな唇の感触や凭れかかった広い胸の逞《たくま》しさを逆に反芻してしまう。鼻先を掠めた梓馬の匂いを思い出せば、今更あのときの体の近さを思い知らされて心臓が妙なリズムを刻んだ。

（……なんなんだよ、もう）

思い返せば気恥ずかしさで心臓が暴れるのはわかっているのに懲りもせず同じ記憶を辿ってしまう自分が理解できない。溜息を噛み潰して雨でけぶる校庭を見下ろしていると、雨音に混じって非常階段を上ってくる足音が近づいてきた。

教員にしろ生徒にしろ、普段この非常階段を使う者は滅多にいない。まさかと思い振り返ると、ちょうど梓馬が階段を上ってきたところだ。

直前まで考えていた内容が内容だっただけに双葉の心臓が跳ね上がる。

視線が合うと梓馬は目元を緩め、慣れた足取りで踊り場まで上がってきた。一瞬硬直した双葉の反応には気づかなかったらしい。今日ばかりは自分の無表情っぷりに感謝する。

「俺もお邪魔させてもらっていいですか？」

双葉の隣に立って屈託なく尋ねてくる梓馬に、当然双葉は嫌とは言えない。それどころかむしろ嬉しいような、けれどどこか気まずいような、不可解な気分で黙って前を向く。

「……煙草、吸うか？」

「いえ、さすがにここで吸うと生徒の目につくので」

「いいのか、せっかく雨が降ってるのに」

非常階段の柵に腕をついて斜め下から梓馬を見上げると、梓馬は一瞬何か考え込むような顔をした後、たちまち相好を崩した。

「覚えててくれたんですか、雨が降ると煙草が吸いたくなるって話」

双葉としては軽い気持ちで振った話題なのに、予想外に嬉しそうな顔をされてしまってうろたえる。いや、とか、別に、とか意味のない言葉で沈黙をごまかしていると、横から梓馬が双葉の手元を覗き込んできた。

「黒沼先生、それ……この前つけてた腕時計と違いますね」

急に身を寄せてきた梓馬にぎくりと体を強張らせつつ、双葉も手首に視線を落とした。いつもはシルバーの時計をつけている双葉だが、今日は文字盤の大きな革の時計だった。

「先週電池が切れて……電池換えてる暇もなかったから、代わりの時計だ」

ふうん、と呟いて、梓馬はジッと双葉の手を見詰め続ける。梓馬に見られていると思うと皮膚がちくちくと刺激されるようで落ち着かない。いっそ腕組みでもして手元を隠してしまおうかと思ったとき、梓馬が双葉の横顔に視線を移した。

「いいですね。似合ってますよ、それ」

無防備に梓馬を見返したら、想定よりずっと近くに相手の顔があって息が止まった。

声も出なくなってしまった双葉の前で、梓馬は穏やかに笑っている。その顔にはなんの他意もなさそうで、双葉はかなりの間をおいてから詰めていた息を吐いた。

そうか、とようやく双葉は理解する。

(似合う、とか、いいですね、なんて言葉に、特に深い意味はないんだな)

きっと梓馬は相手が異性だろうと同性だろうと関係なく、いいと思ったことはいいと素直に口にしてしまう質なのだろう。いっそ無邪気なくらいだ。間近で屈託のない笑顔を見せつけられるとそれを疑う気にもなれず、双葉は短く礼を述べた。職員室で女性教諭に眼鏡が似合うと言っていたときもこんな感じだったのだろうと思うと、それまで胸を塞《ふさ》いでいたものも少しだけ軽くなる。

唇から深く息を吐くと、紗《しゃ》がかかったような雨の景色《けしき》が急にゆったりと穏やかなものに見えてきた。自身の心境の変化の理由が摑めず双葉が首をひねっている間も、梓馬は双葉の腕時計から目を逸らそうとしない。

「黒沼先生はメタル系のゴツイ時計もクラシカルな革時計も似合うんですね。いいなぁ」

「なんだそれ。時計に似合うも何も……」

「いや、俺革系の時計は似合わないんですよ」

ほら、と非常階段の柵の上に梓馬も手を出してくる。

梓馬の手首に巻かれた時計はバンドも文字盤も真っ黒なデジタル時計で、文字盤の周りに何やらごちゃごちゃとした表示がある。骨ばった大きな手に無骨な時計はよく馴染んでいて、でも滑らかな肌は革時計だって十分似合うんじゃないかと口にしようとした矢先、梓馬がさらに身を寄せて双葉の左手に自分の左手を並べてきた。

互いの手が一瞬触れて、双葉は喉元まで出かかっていた言葉をごくりと呑み込む。

双葉と梓馬は手の大きさがまるで違う。梓馬の方が一回りは大きいだろうか。肌の色も違い、どちらかというと双葉の方が色が白い。手の甲にぴんと張った骨の形は梓馬の方がしっかり出ていて、そんなちょっとした違いになぜかやたらと目を奪われた。

「……黒沼先生の手は綺麗ですね」

どこか感心した口調で梓馬が呟く。互いの手を近づけているせいか声はいつもより近くで聞こえ、この種の台詞に深い意味などないと思ったばかりなのに、嘘みたいに心拍数が急加速した。

動揺が態度に出ないよう双葉が地蔵のように身を固くしていると、ようやく梓馬の手が離れた。互いの体の間に距離ができホッと息を吐くと、今度は横から何かを差し出される。

今度はなんだとさすがに苦い顔で振り返ると、梓馬が笑顔で小さな包みを手渡してきた。受け取ったそれは飴玉《あめだま》だ。白いフィルムに赤い苺のイラストがプリントされている。

「よろしければ、どうぞ」

双葉は掌の上でコロンと飴を転がし、横目で梓馬に問いかけた。

「また誰かにもらったのか？」

そう口にしたら脈絡もなく英語科の女性教諭の顔が瞼にちらつき、双葉は無自覚に唇を引き結ぶ。今日に限って菓子を口に運ぶのをためらって、中途半端に包みを解いた状態で梓馬の返事を待っていると、梓馬がなだらかにそれを否定した。

「いえ、それは俺が買ってきました」

思ってもいなかった返答に驚いて顔を上げると、梓馬は少し照れた表情で肩を竦めた。

「……どこか行ってきたのか？」

「いえ、お土産とかそういうのではなくて……煙草のお礼です」

前に一本もらったので、とつけ足して梓馬は雨の向こうに視線を移した。それきりこちらを見なくなった梓馬の横で、双葉は手の上に乗った薄いピンクの飴を見下ろす。

（……煙草の礼に、苺ミルクの飴か）

甘いものの苦手な梓馬が自分のためにわざわざ買ってきてくれたのだと思うと直前まで胸に漂っていたためらいなど消し飛んで、双葉は無言でそれを口に運んだ。

雨で湿った空気の中に、甘い香りが漂い出す。苺のプリントされた可愛らしい包み紙を手の中でたたんでゴリゴリと飴を舐めていると、いつの間にかまた梓馬がこちらを見ていた。確認しなくともその顔に楽し気な笑みが浮かんでいるのが想像できて双葉は俯く。梓馬に向けた方の耳が妙に熱い。

「美味しいですか？」

尋ねられ、双葉は頷く。美味いけれどやけに甘い。溜息すらも甘く曇ってしまいそうだ。仏頂面で甘い吐息をつく自分を想像して、双葉は手の中で苺模様の包みを弄《もてあそ》びながら自嘲《じちょう》気味に笑った。

「似合わないだろ」

もしかすると、梓馬は甘い菓子を食べる自分の姿が滑稽《こっけい》なくらい不似合いだからいつも面白がって見ているのかもしれない。いつになく自虐的な思考に捉われ尋ねてみると、梓馬はきょとんとした顔で首を傾げてしまった。

「何がですか？」

「何がって……だから、俺に苺の飴玉とか……」

「いえ。だって前に苺好きだって言ってませんでしたっけ？」

そういうことじゃなくて、と言いかけて、梓馬が本当に不思議そうな顔をしているのと、自分の他愛のない言葉を覚えていてくれたことに胸が詰まって、声が出なくなった。

本当は、今更尋ねるまでもないことだ。

梓馬は自分が顔に似合わない名前を告げたときも甘いものが好きだと言ったときも、キャラじゃないと笑ったり遠巻きにしたりはしなかった。少し驚いた顔をすることはあっても、事実は事実として真摯《しんし》に受け止め、次に同じ場面に出くわしたときはごく普通のこととして扱ってしまう。

それだけでなく、梓馬は自分の内面まで見てくれている、ような気がした。

これまで出会った人間の多くは、双葉を扱いにくそうな人間だと断じるや否や、双葉の外見とは異なる性格を理解するより先に遠ざかっていった。外見と内面がちぐはぐな自分のことをこんなに当たり前に受け入れてくれたのは、家族以外では梓馬が初めてだ。

（……なんでお前、そんなに――……）

口の中で飴が甘く蕩《とろ》け、双葉は微かに喉を鳴らす。

その余韻が消えてしまうのが惜しくて、双葉は飴が溶けてなくなってもしばらく口を開かなかった。梓馬も黙って隣に立ち続けてくれていて、二人揃って随分長いこと、無言のまま雨を眺め続けた。

茫洋と雨を眺めた後梓馬と共に職員室へ戻った双葉だったが、隣の席に梓馬がいると正面で英語科の教員と喋られていたときよりずっと仕事に集中できず、その日は珍しく早目に帰宅することにした。

家に戻って夕食の支度をしている間も、まだ体のどこかに梓馬と一緒に雨を眺めた余韻が漂っているようで、双葉は嫌でもその理由を考えざるを得ない。

梓馬の側にいるとき感じる、この妙な感じはなんだろう。

隣にいると居心地が悪い。でも離れてしまうとその動向が気になる。いつかのキスのことも、酔っ払いのしたことだと忘れてしまうことができない。

いつもより断然手際悪く夕食を作り終えた双葉は、配膳《はいぜん》を終えたテーブルの前に腰を下ろして味噌汁《みそしる》の入った椀《わん》を手に取った。わかめと豆腐の浮かぶ汁に、ぼんやりとした自分の顔が映り込む。

（……こんなにひとりのことばかり考えてるなんて、まるで恋だな）

目玉焼きの乗った野菜炒めと味噌汁、白米、というごく簡単な夕食を前に、冗談のつもりで胸の中で呟いてみた。だが、ひとりの部屋で、まして口にされることもなかった言葉は誰に否定されることも笑い飛ばされることもなく、ただ重たい沈黙ばかりがのしかかる。次の瞬間、双葉は味噌汁の中を覗き込んでいた顔をガバリと上げた。

（ちょっと待て！　全然笑えないだろ、なんでこんなに深刻になってんだ俺は！）

恋であるわけがない。自分も梓馬も男なのだ。もしも本当にこれが恋なら、自分はホモだということになる。それこそまさか、と鼻で笑おうとして、双葉は口元を引き攣らせた。

(……まさか？)

はたと我に返り、冷静に過去を振り返ってみる。思い返せば自分は女性とつき合ったことがない。特に彼女が欲しいと思ったこともなく、結婚願望も曖昧だ。端から恋人などできるはずがないと諦めて強く望まなかったからだとばかり思い込んでいたが、もしや自分は女性そのものに興味がなかったのではないのか。

そう考えてみると、自分は合コンに誘われて行くよりも男友達と一緒にいることの方が楽しかったし、尊敬する相手は年齢に関係なく全員同性だった。

友人に次々と彼女ができても、淋しさこそ覚えるもののまったく羨ましくなかったのはそのためか。そう考えれば不思議とすべてが腑《ふ》に落ちてしまって双葉は愕然《がくぜん》と箸を置いた。

(……まさか俺って、本気でそっちの……？)

これまでまったく気がつかなかったのに、梓馬とのキスで同性に対する歪んだ劣情が解放されてしまったのだろうか。双葉は目の前の食事も放り出してぐるぐると考え込む。

(だとしたら、俺は男が好きなのか？　ていうか、梓馬のことが好きなのか……!?)

唐突に混乱の坩堝《るつぼ》に放り込まれ、双葉は喉の奥で低く呻く。

梓馬のことは嫌いじゃない。キスのことを思い出すとそわそわと落ち着かない気分になる。けれどそれはファーストキスを梓馬に奪われたからそわそわするだけで、梓馬が好きだということにはならないのかもしれない。むしろ自分をホモだと肯定するならば、キスをしてきた相手が男なら誰でもこういう反応になった可能性も否めない。

頭を抱えて唸《うな》っていると、目線の高さにあるキャビネットに置かれた飴の包みに目がいった。苺の柄がプリントされたそれは夕方梓馬がくれたものだ。自分のためにわざわざ買ってきてくれたのだと思ったら、なんだか捨てるのも忍びなく持って帰ってきてしまった。

こんなものを大事そうにとっておいてどうする、と思う反面、ゴミ箱に放り込むのはなぜか惜しくて、双葉は自分の真意に辿り着けないまま頭を抱えることしかできなかった。

＊＊＊

六時間目の授業が終わった後、教室で生徒に呼び止められた。

教科書にどうしても意味の読み取れない文章があるらしく、梓馬は教壇に教科書を広げて丁寧に解説をした。生徒の表情を窺いながら、どこで混乱しているのか慎重に推し量る。恐らくこの生徒の他にも同じような場所で躓《つまず》いている者がいるのだろうと思うと、ちょっとした表情の変化も見逃せない。次の時間は最初にこの構文をもう一度教え直そうと授業の計画を立て直す。

塾講時代ではなかった対応だ、と職員室に戻る道すがら梓馬は思う。塾では授業内容を理解していない者に合わせて授業を進めることはなかった。梓馬の勤めていた塾では教科ごとに上位クラスから下位クラスまで幾つかのクラスに分かれていて、一番レベルの高いクラスを受け持っていた梓馬は成績の下がった者を容赦なく下のクラスに落とすのが常だったからだ。

（黒沼先生の影響かな）

廊下ですれ違う生徒に帰りの挨拶を返しながら梓馬は思う。

双葉はいつも目の前にいるたったひとりの生徒に対して一生懸命だ。クラスの平均点を上げることより、ひとりでも多くの生徒に深い理解を得させようと必死になっている。そのために放課後は自分の仕事の時間を削ってまで生徒の補習につき合うし、何度も何度も同じ説明を繰り返す手間も厭《いと》わない。

それとも塾の講師と違って公立の学校教師は皆そうなのだろうか。まだ判断するには経験が乏しく断言はできないが、他の教員と比較しても双葉はやはり異質に見えた。

職員室に入った梓馬は室内を見回す。だが、双葉の席に本人の姿はない。

梓馬は名簿をデスクの上に置くと今度はＬＬ教室の準備室へ向かった。

準備室に明かりはついていなかった。室内を覗き込んでも人の気配は残っていない。最後の望みをかけ準備室の隣の非常階段を上ってみるが、そこにも双葉の姿はなかった。

三階の踊り場で足を止め、梓馬は非常階段の柵に凭れかかる。今日は梅雨の晴れ間らしく、久々に真っ赤な夕日が眺められた。少しずつ夏らしくなってきた風に前髪をかき上げられ、梓馬は堪《こら》えきれずに盛大な溜息をついた。

（……完全に避けられてるな）

そろそろ気のせいだと思い込むのも限界だ。ここ数日、梓馬は露骨に双葉に避けられていた。

もう一ヶ月近く前、酔った振りをして双葉にキスをした後もぎこちなく避けられているのは感じていたが、それでも梓馬の方から近づいてしまえば、双葉はたどたどしいながらも何某かの反応を返してくれた。それなのに、ここ数日はまともな会話すら覚束ない。まず最低限必要な場合を除いて、双葉は梓馬の前に姿を現そうともしないのだ。

職員室にも準備室にもいないとなると、数学科の部屋にこもって仕事でもしているのだろう。年上の教員ばかりで居心地が悪いから、と以前は滅多に足を踏み入れなかったというのに、そうまでして自分と顔を合わせたくないのか。

何が原因だ、と考えてみるがわからない。キスの直後にこういう反応をされるならまだしも、一ヶ月も経った今になって、なぜ。倒れた双葉を横抱きにして保健室まで運んだのだって一週間以上前の話だ。現場を目撃した男子生徒には少しはやし立てられたが、皆梓馬の腕の中にいる双葉の蒼白な顔を見て一様に口を噤んだから、その後ひどくからかわれるということもなかったはずなのに。

梓馬はシャツの胸ポケットから苺ミルクの飴を取り出す。白地に苺の絵が描かれたそれは、もしもこの場所で双葉に会えたら渡そうと思っていたものだ。

最後に双葉とまともに話をしたのは、週明けにこの飴を手渡したときだった。ほんの数日前のことを思い出し、梓馬はピンクの飴玉を口に放り込んだ。

甘ったるい香りと味に眉を顰めつつ校庭を見下ろす。その間も、視線は自然と双葉の姿を探してしまう。あの仏頂面を見ないと物足りない。ふてぶてしい顔をしているくせに意外と純情で、気恥ずかしさや戸惑いをすべて苦々しい表情で隠してしまうあの顔が見たかった。

（あの人の熱血教師っぷりを間近に見てないと、仕事にも身が入らないんだよな……）

奥歯で飴玉を噛み砕き、梓馬は柵の上に突っ伏した。

猫背で、言葉遣いが荒っぽくて、ついでに人相の悪い双葉はその外見に反してまさに熱血教師だ。教科書の内容についていけないという生徒に放課後何時間もつき合って、授業の準備も徹底している。教員生活も八年目に突入しているのだからもうどの学年の授業もひと通りこなしているだろうに、新任の自分よりよほど時間をかけて準備をする。

合唱祭の練習で女子生徒の具合が悪くなったときも、相手が仮病なのは明らかだったのに、双葉はそんなことにはまったく気づかず本気で生徒を心配していた。

塾講時代からあの手この手で生徒に粉をかけられてきた梓馬だ。仮病なんてよくある手で、一発で真偽を見抜く自信がある。実際ピロティで座り込んでいた生徒も梓馬の前では弱々しい態度を崩さなかったが、梓馬が保健室を出た途端はしゃいだ声を上げ始め、つき添いの生徒に慌てて口を塞がれていたようだった。

そういうものにすっかり免疫ができている梓馬は、あのときも下手に構わない方が賢明だと判断したのだが、双葉はそれを許さなかった。

あのとき、「俺たち教員は生徒の命を預かってんだぞ！」と胸倉を摑んできた双葉の必死な目が忘れられない。この人は生徒の人生どころか命丸ごと預かる覚悟で仕事をしているのかと思い、子供の相手なんて容易《たやす》い、授業さえそつなくこなせれば十分だと思っていた自分の考えが急速に子供じみて甘いものに思えた。

端から給料や将来性に惹かれて教員を目指した自分には確固とした信念も覚悟もない。半端な自分の気持ちに気づかされ、それを双葉に見透かされているのではないかと思うとこれまでに感じたことのない羞恥《しゅうち》にかられて、考えを改めるつもりで同じ英語科の教員たちにも積極的に教えを乞うようになった。

双葉にも、尋ねたいことや話したいことが山ほどある。それなのに、最近なぜか避けられてばかりだ。

口の中で砕けた飴が溶け切って、梓馬は甘い空気ごと吐き出すつもりで深く息を吐いた。柵の上に突っ伏していた顔を上げると赤々とした夕日が真正面から瞳を射して眩《まぶ》しさに目を伏せる。そうして何気なく見下ろした地上に見覚えのある後ろ姿を見つけ、梓馬は思わず柵から身を乗り出しそうになった。

チョークで汚れた白衣を羽織り、背中を丸めてピロティの脇を歩いているのは、双葉だ。校舎の渡り廊下が邪魔をして時々見えなくなってしまうが、あの後ろ姿は間違いない。

一瞬ピロティに下りていこうかとも思ったが、恐らく自分があそこに行きつく頃には双葉はどこかに姿をくらませているだろう。追いかけたい気持ちを抑えジッと双葉を見ていると、後ろから数名の男子生徒がこそこそと双葉の背後に近づいていくのが見えた。

ギリギリまで双葉に近づいた男子生徒たちは顔を見合わせ、そのうちのひとりがやおら双葉の腰に後ろからタックルをかました。大分勢いがついていたのか、双葉の体が大きくよろけ、ピロティを覆う渡り廊下の下から生徒たちと共に飛び出してくる。

距離が離れているので声までは聞こえないが、双葉を囲む生徒たちは楽し気に笑っていて双葉を心底慕っているのが見て取れる。梓馬は柵の上で頬杖をついた。

（……あいつらは黒沼先生がいい教師だって、肌で理解してんだろうな）

教師のよし悪しを見分ける目において、生徒の右に出る者はいない。双葉が場末のチンピラ並みに人相が悪かろうと態度が悪かろうと、自分たちのために懸命に何かを教えようとしてくれることを、彼らはきちんとわかっている。

双葉は授業がわからないと泣きついてくる生徒はもちろん、最早本人が匙《さじ》を投げてしまっている生徒にも等しく手を差し伸べる。それは強制補習という形になって、ときには生徒の反感を買うこともあるのだが、やはり誰かに気にかけてもらえるというのは嬉しいものらしく最終的に生徒たちは双葉を慕うようになる。

その気持ちもわからなくはない、と梓馬は思う。

梓馬は幼い頃から要領がよく、親や教員の手を焼かせるということが滅多になかった。相手も「この子なら大丈夫だろう」と勝手に思い込んで放っておかれることの方が多かったのだが、そんな自分にも双葉は何かと声をかけてくる。

何か困っていることはないか、悩んでいることはないか、授業の進行具合はどうか、生徒との信頼関係は築けているか。すべて問題はないし、傍目にも問題があるようには見えないはずなのだが、双葉は何度でも同じ質問を繰り返す。

そういうときの双葉の顔は、普段何を考えているのかわからない不機嫌な表情が少し崩れ、本気でこちらを案じてくれているのが伝わってくる。おかげで煩わしいとは露ほども思わず、むしろ物珍しいような嬉しいような不思議な気分になった。時々は指導の途中で言いすぎたとでも思うのか、チラリとこちらの様子を窺ってくるのもまた可愛い。

長い前髪から覗く、窺うような上目遣いを思い出して梓馬は口元を緩ませる。

ピロティの脇では双葉が再び男子生徒にタックルをされている。邪険に生徒の腕を振り払うような仕種をしつつ、相手の頭を乱暴に撫でる双葉の手つきは優しい。表情まではよく見えないが、もしかすると生徒と一緒になって笑っているのかもしれない。

気がつけば、がり、と強く奥歯を噛み締めていた。

苦々しく顔を歪めた梓馬は溜息をつく。双葉に目をつけた時点では、こんなにも手を焼かされるとは思ってもいなかったのに。いつになく苛々するのは双葉がなかなか自分の思う通りに動かないからだろうか。それとも。

（——……それとも、なんだ？）

考えたところで明確な理由は思い浮かばない。そうこうするうちに双葉の姿もピロティから消えてしまい、梓馬は親指の腹で額を強く押した。

これ以上この場所にいても、きっと双葉は来ないだろう。わかっているのに往生際悪く足が動かない。きりもなく、双葉に避けられている理由を考えてしまう。

じわじわと沈んでいく夕日に横顔を照らされながら、ひとりの人間のことをこんなに長い時間考えるのは初めてだということに、梓馬はまだ気づいていなかった。

夜もすっかり深まる頃、職員室に最後まで残って仕事をしていた梓馬は学校を出ると、家には帰らず繁華街へ向かった。職員室にいればそのうち双葉が来るのではないかという当てが外れて気落ちしたのと週末だったことが重なり、久々にひとりで飲みたい気分だった。

人で混み合う電車に揺られ、柄でもない、とつくづく梓馬は思う。

これまでは、男も女も大概は相手の方から言い寄ってきた。梓馬から手を出すのは相手が自分の性癖を自覚していない場合がほとんどで、なびかなければそれっきり、相性が悪かったとそれ以上は気に留めることもなかったのだが。

それなのに、双葉だけは捨て置けない。段々親密になっているという手応えもなく、むしろ時間が経つほど相手が何を考えているのかわからなくなってきているというのに。

面白くない、と梓馬は思う。そしてそんな自分に困惑する。本来なら自分は結果より過程に重きをおいていて、結末に至るまでの道筋が困難なら困難なほど心が弾んだはずだ。難攻不落の相手をどうやって攻め落とそうかと考えるのは楽しいことで、それでも相手がどうにかならないのならさっさと手を引いてしまえばいい。これまではそうしてきたはずなのに、双葉に限っては引き際が見定められない。

電車が止まり、車内の人間がホームへ流れ出ていくのに合わせて梓馬も電車を降りる。

改札から吐き出される人ごみに押され、行き慣れた道を辿りかけたところで梓馬は足を止めた。無意識に向かおうとしていたのは行きつけのゲイバーだったが、仮にも今は公務員。軽々しくそういった店に足を踏み入れていいものかどうかしばし迷った。

週末だからかいつも以上に人通りの多い街で流れに逆らうように一瞬立ち止まり、梓馬は大人しく踵を返す。もう少し健全な店で一杯飲んだら帰ろうと辺りを見回していると、後ろから大きな声で名前を呼ばれた。

「あれ、梓馬？　そこにいるの梓馬じゃない⁉」

ほとんど反射的に声のする方に顔を向け、梓馬は軽く眉を顰めた。人波をかき分けて近づいてくるのは自分と同年代の背の高い青年だ。マチ、と名乗っているが本名は知らない。一見すると長身ですっきりと顔立ちの整った青年だが、非常にテンションが高いので長く一緒にいると多少疲れる人物でもある。

マチは梓馬の元にやってくると、後ろに控えていた数人の仲間たちに軽く手を振った。それきり人ごみの中に消えていった連れには目もくれず、梓馬に満面の笑みを寄せてくる。

「やぁだ、久しぶり！　こんな所で会うなんていつ以来？」

ジーンズにコットンシャツを着たマチが外見にそぐわない女性的な言葉で喋り出すのを聞いて、すれ違う人たちが一瞬ギョッとした顔をする。明らかにそれを面白がる顔をしているマチに、相変わらずだな、と梓馬は呆れた声で呟いた。

こんな口調でありながら、マチの内面は決して女性的というわけではない。この男は自分の外見と口調のギャップに周りが驚くのを見るのが楽しいだけだ。

周囲から向けられる奇異の視線に満足気に笑って、マチは梓馬の肩に腕を乗せてきた。

「梓馬、これからどこか行くの？　アタシも一緒に行っていい？」

「……一杯飲んで帰るだけだ」

「じゃあいつもの店行こうよ！」

言うが早いかマチに腕を引っ張られ、梓馬は諦めの混ざる溜息をついた。マチはもともとしつこい性格だ。それに一瞬鼻先を掠めた息は随分と酒臭く、この酔っ払いの腕を振り払っ

て別れるのが困難だろうことは確実だった。無下に断ったらきっと人で溢《あふ》れる繁華街のど真ん中で身も世もなく泣き叫ばれる。マチはそういう輩《やから》だ。

いつもの店、というのは当然ゲイバーのことだろうが、ここでマチに大暴れされて衆目を集めるくらいなら、大人しく店までついていった方がマシなようにも思われた。

「本当にさぁ、梓馬最近どうしてたの？　この辺の店に全然顔見せなくなっちゃったから、みんな心配してたんだから」

マチは周りを憚らず大きな声で喋るので、道行く人は女性口調の野太い声に顔を上げ、その声の出所が予想外の美丈夫だということに気づいて揃って目を丸くする。そうした反応に逐一含み笑いをこぼすマチの横顔を眺め、梓馬は双葉に思いを馳《は》せた。

双葉はマチとは正反対の反応をする。自分の外面と行動にギャップが生じるとすぐにいたたまれない顔で俯いてしまう。キャラじゃないだろう、という台詞も何度耳にしたことだろう。まるで周囲の視線にその身を沿わせようとでもするかのように、双葉は自身の見た目にそぐわない言動は控えているふうに見えた。

いいのに、と何度思ったかしれない。貴方《あなた》はそのままでいいのに、むしろ自分はそういう、素の部分が見たいのに、と。

（……また、あの人のことを考えてるな）

梓馬は苦々しい表情で目頭を押さえる。最早自分でも止めようがないらしい。気を抜くと

思考は双葉の方に流れ出す。

なまじ避けられているから気になるのだろうか。それとも別に理由があるのか。

マチに引きずられ段々と人気の少なくなってきた道を歩きながら、珍しいからなのかもしれない、と梓馬は思う。双葉のことが不思議と気になるのは、きっとこれまでの人生であれほど外面と内面のギャップが激しい人間がいなかったからだ。前を歩くマチは外見と口調に差異こそあれ、その中身にまで意外性があるわけではなかった。

きっと自分は双葉のような人間が物珍しくて、それでこうも気にかかってしまうのだと、梓馬はそれらしい理由を自分の中で拵《こしら》えてとりあえず納得しようと試みる。

大通りから外れた裏道には、すでに女性の姿がほとんどない。この辺りは自分と同類の者たちが多く集まる場所だ。教員採用試験に向けて準備を始めてからはほとんど足を向けていなかったが、梓馬も塾で講師をしていた頃はよくここを訪れた。

一見するとその手の店とはわからない、重厚な黒い扉の前でマチが振り返る。

「梓馬が入っていったらきっと皆びっくりするわよぉ！　ほら、早く開けて開けて！」

背中を押されて扉の前に立たされ、マチの変わらぬかしましさに苦笑しつつ梓馬はドアノブに手をかける。グッと手前にノブを引くと、思ったより軽く戸が開いた。

ちょうど中から人が出てきたことに気づいて梓馬は体を半身にする。すると何を勘違いしたのかマチがぐいぐいと背中を押してきた。

「なんで入らないの！　まさかここまできて逃げる気⁉」

「そうじゃなくて……こら、やめろ！」

店から出てきた人物の前に体を押し出され、背後のマチを怒鳴りつけたときだった。

あ、と微かな声がして、梓馬は視線を前に戻す。そして目の前に立っていた人物を見て、声を失った。

行き慣れたゲイバーから出てきた人物が、双葉だったからだ。

互いに目を見開き、驚愕の表情で相手の顔を見詰めることしばし。

先に動き出したのは双葉だった。俯いて、扉の前に立つ梓馬を押しのけ夜道に飛び出すと、呼び止める間もなく全力で駆けていってしまう。

とっさにその後ろ姿を追いかけようとすると、背後から勢いよくマチに腕を摑まれた。

「ちょっとぉ！　本当にどこ行くつもりよ！」

女性的な口調とは裏腹にがっしりと逞しい腕に捕まえられ、梓馬は必死で身を捩《よじ》る。その間にも双葉の姿はあっという間に遠ざかり、夜にまぎれて見えなくなってしまった。

この界隈《かいわい》の道は複雑に入り組んでいて、一度見失ったら再び見つけることは難しい。そのことを知っている梓馬は、双葉に向かって伸ばしていた手を力なく下ろした。双葉の去っていった方を呆然と見詰め、まさか、と口の中で呟く。

（……自覚してたのか？　いつの間に？）

繁華街の大通りから外れた、いかにもいかがわしい雰囲気の漂うこの場所に何も知らない双葉が偶然足を踏み入れたとは考えにくい。きっと自らその手の店を調べてここまでやってきたのだろう。

ということは、双葉は梓馬のあずかり知らぬところで己の性癖を自覚して、同じ嗜好《しこう》の男を探してこの店までやってきたと、そういうことだろうか?

そういうことなのか、と思った途端、自分でも信じられないほど腹の底が熱くなった。

(だったらどうして、俺じゃいけない——)

男なら誰でもいいなら手近なところで自分を選べばいい。それをわざわざこんな店に来るなんて。それとも双葉は自分が秋波を送っていたことにまるで気づいていなかったのか。

それにしたって、と奥歯を嚙みしめたところで横からひょいとマチに顔を覗き込まれた。

「やだぁ、梓馬超怖い顔してるー」

言われてハッと我に返る。眉間にとんでもなく力がこもっていたことに気づいて、梓馬は慌てて拳《こぶし》で口元を覆った。そして、直前に胸を襲った強い感情に自分で驚く。

ただ物珍しい、と思っているだけの相手に向けるにしては、自分の感情は荒々しすぎる。ここ数年でも覚えがないほどの激しい感情の起伏に眩暈を起こしそうになった。無意識に握り締めていた掌をぎこちなく開き、梓馬は店の扉に目を向ける。

直前まで、双葉はこの中にいた。店内の客はほとんどがゲイだ。もしかすると誰かに声をかけられたりしたかもしれない。それどころか、声をかけるだけで終わらず何事か行われてしまった可能性もある。そう思ったら、無意味に目の前の黒い扉を殴りつけたくなった。

(——……なんだ、これ)

自分の中で渦巻く感情が明らかな怒りだと知り、梓馬は愕然とする。しかしこれは何に対する怒りだ。さんざんモーションをかけてきた自分には反応しなかったくせに、ちゃっかりこんな店にやってきた双葉に対する怒りか。それとも経験なんてないに等しい双葉に声をかけたかもしれない店の連中に対してか。

(……後者だとしたら、まるで)

口元に自嘲気味な笑みを浮かべかけ、梓馬は一切の表情を失った。

(…………まるで嫉妬《しっと》じゃないか)

馬鹿馬鹿しい、と笑い飛ばそうとしたものの硬直した頰はまるで動かず、梓馬は随分長いこと愕然とした表情で店の前に立ち尽くして動けなかった。


ようやく週が明けた月曜日。朝から梓馬はほとんど目の前のことに集中できなかった。

今週の土日は珍しく双葉が出勤しなかったので、ゲイバーの前で双葉と遭遇してから顔を合わせるのは今日が初めてだ。

本当なら朝一番で双葉を捕まえて金曜の夜の詳細について尋ねたかったのだが、内容が内容なだけに職員室で気楽に語るのは憚られ、じりじりしながら放課後を待つことになった。もし準備室で双葉を捕まえられなかったら、今日という今日は数学科に乗り込んでいく覚悟を決めていた梓馬だが、放課後にやってきた準備室からは幸いにも明かりが漏れていた。

金曜の夜、双葉が去った後店にいた連中に聞いて回ったが、双葉は終始カウンターで静かに酒を飲んでいただけだったらしい。初めて見る顔だし、随分憂鬱《ゆううつ》そうに酒を飲んでいたので誰も声をかけられなかったそうだ。双葉も周囲に視線を配っている様子はなく、もしかすると本当に何も知らずにあの店に足を踏み入れた可能性も捨てきれない。

それならいい。それならそれで一向に構わないのだが、もしも双葉があの後もその手の店に足を運んでいたらと思うと、この週末は本当に何も手につかなかった。

苛立ちとも困惑とも焦燥ともつかない感情を持て余し、気持ちの整理もつかないまま梓馬は準備室の扉を叩く。すぐに双葉の返事があって、梓馬はかつてなく緊張した面持ちで引き戸を開けた。

双葉は長机の上に週案の下書きを広げて熱心に何か書き込んでいた。わずかに顔を上げて梓馬の顔を確認すると、どうぞ、と短く告げて再び手元に視線を落とす。

ここ数日徹底して梓馬を避けていたことも、金曜の夜に店の前で遭遇したこともなかったかのように、双葉はこれまでと同じ態度で接してくる。そのことを喜んでいいのかさえわからないまま、梓馬は部屋の隅から丸椅子を引き寄せて双葉の向かいに腰を下ろした。

何から切り出すべきか迷ったのは一瞬で、梓馬は単刀直入に尋ねることにした。

「あの、金曜の夜、バーの前でお会いしましたよね？」

あれがどういう店だか知っていて行ったんですか？　そう続けようとしたところで、ペンを動かしていた双葉の手が止まった。伏せられていた顔がゆっくりとこちらを向き、梓馬は軽く息を呑んだ。双葉の顔に、一切の表情が浮かんでいなかったからだ。

もともと表情の乏しい方ではあったが、いつもの無表情とはどこか違う。感情を押し隠しているふうでもなく、双葉は底の見えない虚《うろ》のように何もない顔をしていた。

双葉はしばらく梓馬と視線を合わせた後、短い溜息をついて再び視線を落とした。

「……そういうことだ。仕事柄他言は控えてくれ。お前も程々にな」

想像もしていなかった冷淡な反応に、梓馬はとっさに二の句が継げない。もっと慌てふためいて全力で弁解されると思っていたのに、双葉はもう何もかも受け入れてしまった様子だ。ほんの少し前まで自分がゲイであることすら自覚していなかったはずなのに。

「ま……待ってください、そういうことって、それって……」

「ひとりでゲイバーにいるってことはそういうことだろう」

淡々と言い返されて、梓馬は穴が開くほど双葉の顔を凝視してしまった。予想だにしていなかった達観した態度に唖然《あぜん》とする。この短期間に双葉にどんな変化があったのだと驚きを隠せない。

双葉はペンを動かしながら、さらに梓馬の想定もしていなかったことを言い放った。

「何そんなに驚いてんだ。お前だってそうなんだろう？　店に来てた客に聞いた」

梓馬は大きく目を見開く。双葉がすでにそれを知っていたことより、誰からどんな経緯でそのことを聞いたのかということに一気に意識が持っていかれた。

まさか双葉はあの後も店に通っていて、そこで親しくなった誰かと自分の話をしたのだろうか。しかし親しくなったというのはどこまでの関係だ。友人か、それとも。

勢い込んで身を乗り出そうとしたところで、無感動な双葉の瞳に押し止められた。

「――自覚のないゲイを開眼させるのが趣味なんだって？」

開きかけていた口が、完全に止まった。

長い前髪の隙間から、双葉が一直線にこちらを見てくる。

感情が窺いにくいように見えて、でもよく見れば端々に気持ちが表れやすいと思っていた双葉の顔は、今は何ひとつ読み取れるものがない。そこに怒りも呆れも嫌悪もないことが、逆に梓馬を狼狽《ろうばい》させる。双葉が何を思っているのかまったくわからず、苦しまぎれに言葉を継いだ。

「いえ、俺は……」

「俺の前では真面目な好青年を演じなくていいぞ。お前の素はそれじゃないんだろ？」

さほど興味もなさそうな口調で言い放たれては取り繕う言葉も引っ込んでしまう。双葉が誰からどんな話を聞かされているのかがわからないだけに下手なことも言えない。

それより何より、双葉の言葉を真っ向から「違う」と否定できずに口ごもった。

双葉の言う通り、本当は自分なんて真面目でもなければ好青年でもない。要領のよさを逆手にとって適度に手を抜きながら世を渡ってきたくせに、周囲が勝手に勘違いしてくれるからとことさら好青年を演じてきた。ゲイであることを打ち明けもせず酔った振りで双葉にキスをして、その後の反応を楽しんでいたのも事実だ。

梓馬がすっかり言葉を失っていると、双葉が何か思いついた顔で空を仰いだ。

「もしかして、俺にキスしたのもちゃんと覚えてるんじゃないのか？」

今まさにそのことを考えていた梓馬は、ぎくりとした表情を隠しきれずに身を固くする。

双葉はそんな梓馬の態度を見て取ると、怒るでもなく口元に微かな苦笑を浮かべた。

「あんまり人をからかうな」

「黒沼先生、待ってください、それは——……」

双葉の言葉は間違っていないのに、否定せずにはいられなかった。けれど腰を浮かせかけた梓馬の前で、双葉は大儀そうに片手を振ってみせる。うるさい、とばかり邪険に。

「店に行くのも誰とつき合うのも自由だけどな、くれぐれも羽目を外しすぎるなよ」

「だから待ってください。黒沼先生はまたあの店に行くつもりですか」

「行きつけの店に職場の人間がいちゃ都合が悪いか？」

そういうことではなく、と梓馬は奥歯を噛み締める。今日の双葉は何を言っても手応えがない。きちんと言葉は返してくれるのに、霞《かすみ》か何かに呼びかけているようでまったく意志の疎通がはかれていない。急変した双葉の態度についていけない上に、その原因が気になって思考が空回る。双葉は誰と自分の話をしたのだろう。その相手とは、もうかなり親密になっているのだろうか。

想像しただけで胃の腑が熱くなり、なんとか食い下がろうとした梓馬だったが、それは双葉の盛大な溜息で遮られてしまう。

「もういい大人なんだから、他人に迷惑さえかけなければ何をするのも個人の自由だ。だから俺たちも、お互いの私生活について干渉するのはなしだ」

きっぱりと言い切られ、そこに強烈な拒絶の空気が漂っているのを感じて梓馬は口を噤む。それきり双葉は手元の資料に目を落とし、梓馬が準備室を出るまで一度も顔を上げることはなかった。

＊＊＊

時間は少し戻り、双葉がゲイバーの前で梓馬と遭遇した週末の夜。

染みのついた台の上に置かれた、黒い器に入った一杯のかけ蕎麦《そば》。海苔も乗っていなければネギさえかかっていないそれを前に、双葉は随分前から魂の抜けた顔で遠くを見ていた。

駅の近くで見つけた屋台蕎麦に逃げ込んだのは三十分ほど前だろうか。目の前に出されたときは温かな湯気を上げていた蕎麦はすっかり冷めてしまっている。

双葉以外に客もいないので屋台の主人は新聞に目を落としたきり何も言わないが、さすがにこれ以上粘るのは限界だ。頭ではわかっているのに、双葉は呆けた顔のまま動き出すことができなかった。

（……どうしてこんなことに）

半刻前、ゲイバーを出た途端目に飛び込んできた梓馬の驚いた顔と、ここ数日の出来事が頭の中を駆け回る。

どうしても梓馬のことが頭から離れず、自分はゲイなのではないかという疑いを抱くに至ったものの、それが真実なのかどうか確信も持てず今週は悶々《もんもん》と過ごすことになった。梓馬の顔を見ると混乱が深まりそうで、悪いとは思いつつ梓馬を避けたりもしてみたが一向に状況は改善しない。ならばいっそ本物のゲイが集まる場所に飛び込んでみたらどうか、などと考えてしまったのは、きっと自分も相当に追い詰められていたからだろう。

いきなりハッテン場に行ってしまって誰かに声をかけられても怖いので、とりあえずは比較的安全そうなゲイバーをネットで探して行ってみることにした。早い時間の方が危険も少なそうだからと早目に学校を出たが、怪し気な裏道をさんざん迷い歩いてようやく店を見つけたときはかなり夜も更けていた。

覚悟を決めて店に入るや男性しかいない客の目がいっせいに入口に流れてきたのに正直怯んだが、入店するまでにすっかり疲労困憊《こんぱい》していた双葉は回れ右する気力もなく、無言でカウンター席に腰を下ろした。

カウンターの他にテーブル席が幾つかある店内は薄暗く静かで、時々チラチラと視線が飛び交う以外は普通のバーとあまり変わりがなかった。とりあえず店にいれば何か起こるのではないかとしばらくカウンターで杯を重ねていたのだが、別段誰かに声をかけられることもなくただ居心地の悪い時間が過ぎていくばかりで早々に席を立つことになった。結局店には一時間もいなかったはずだ。

そうして店を出ようとしたら、扉の向こうに梓馬がいた。

今になって、夢でも見ていたんじゃないかと双葉は思う。そうでなければどうしてあんな場所に梓馬がいたのかわからない。

あのとき梓馬の背後には知り合いらしき男性の姿があった。その人物に後ろからグイグイ背を押されて入店させられそうになっていたから、悪ノリした友人に引っ張られ物見遊山で店までやってきたのかもしれない。

対する自分は、たったひとりであの店から出てきた。それがどういうことか、聡い梓馬は確実に気づくだろう。言い訳を考えてみてもまるで思いつかない。

自分がゲイだとばれたら——いや、まだ自分でも本当にそうなのかどうかよくわかっていないのだが、ともかく梓馬にそう思われてしまったら、一体どんな目を向けられるのか。想像するだけで内臓がしんしんと冷えていく。

甘いものが好きとか動物が好きとか子供が好きとか、そういう話とは次元が違う。男のくせに男が好きだなんて、さすがの梓馬も受け入れられないだろう。

柄じゃない自分の言動をなんだかんだと笑って受け入れてくれていた梓馬が、嫌悪の表情も露《あら》わに自分を見るのだろうかと思ったら目の奥が熱くなってきた。違うんだ、と思うが、本当に違うのかどうか自分でもわからないのがまた辛い。

なす術もなく、双葉は覚束ない手つきでようやく台の上の割り箸を手に取った。一体何をどうすればいいのかまるでわからない双葉にとって、今できることは目の前の冷め切った蕎麦を食べることだけだ。

ずるずると蕎麦を啜《すす》り始めたところで、暖簾《のれん》を潜《くぐ》って他の客が屋台に入ってきた。

「オジサン、かけ蕎麦二つ。俺焼ちくわ乗っけて。お前は？」

「天かすとネギ山盛りで」

二人組の青年らしい。声の感じからするとまだ若そうだ。屋台は三人も座れば一杯で、肘もつくほど近くに腰を下ろした青年たちには目もくれず双葉は蕎麦を食べ続ける。

「あれ、そこの人……」

ずる、と蕎麦を啜ったら、隣からひょいと顔を覗き込まれた。突然他人の顔が近づいてビクリと肩を震わせた双葉が面を上げると、髪の赤い、人懐っこい表情の青年にまじまじと顔を見詰められた。

「もしかして、さっき店にいた人？」

店、と言われてとっさにゲイバーが頭に浮かんだが、店内で目の前の青年を見た記憶はない。店の中は薄暗く、周りを見る余裕も双葉にはなかったからだ。

赤い髪の青年の隣にいた人物も身を乗り出して双葉に視線を向けてくる。こちらは黒い髪を短く切った寡黙そうな青年で、彼は無表情で瞬きをした後、カウンター、と言った。

「カウンター席でずっと飲んでた人じゃないか」

「ああ、やっぱりそうだ、見覚えあると思った！」

ずーっとひとりで飲んでたから店の中でも目立ってたんだよねー、と赤い髪の青年は明るく言って、ようやく双葉から目の前に出されたかけ蕎麦に視線を移した。

誰からも声をかけられなかった自分が店内で異彩を放っていたとは思いも及ばなかった双葉は、今更場違いな自分が気恥ずかしくなって俯き気味に蕎麦を啜る。醜態を見られた居心地の悪さからすぐにもこの場を離れたくて黙々と箸を動かしていると、隣に座った赤髪の青年がためらいなく双葉に声をかけてきた。

「ねえ、もしかしてお兄さん、梓馬さんと知り合いだったりする？」

不意打ちに近い発言に、危うく口に含んだ蕎麦を噴き出しそうになった。なんとかかむせるにとどめて横を向き、双葉はずるずると蕎麦を啜る二人の青年を交互に見る。

「……梓馬のこと、知ってるのか？」

「んー？　だって、この辺じゃ有名人だしねぇ」

焼ちくわを咥《くわ》えた赤髪の青年は唇の端に笑みをにじませる。奥にいる短髪の青年も無言で頷いたようだ。

双葉は箸を持ったまま不可解な表情を浮かべることしかできない。雑多で猥雑なこの街と梓馬が上手く繋がらず、この辺で有名とはどの辺のことだと謎《なぞ》は深まるばかりだ。

双葉の視線にはまるで頓着せず、赤髪の青年は器の中を覗き込んで世間話でもするような気楽さで続ける。

「梓馬さん、あの店にも昔はよく来てたんだけど、最近めっきり来なくなったからどうしてるのかなぁとは思ってたんだけど」

「……梓馬もよくあの店にいたのか？　今日初めて来たわけじゃなく？」

すでに蕎麦を食べ終え汁を啜ろうと器を両手で持ち上げた青年は、きょとんとした顔で双葉を見た。

「そうだよ？　あの人あの店の常連だよ？」

「じ、じゃあ、梓馬は、まさか……その、そういう……」

「ゲイだね」

さらりと言って青年は器を傾ける。わざとぼかそうとしていた単語をポンと口にされてしまい、双葉は慌てて周囲を見回した。だが、奥の席にいる短髪はもちろん、店の主人もまるで関心のない顔でそれぞれ蕎麦を食べたり新聞を読んだりしていて、自分だけ動悸《どうき》のやまない双葉はふいに異世界に迷い込んでしまった気分になって、また闇雲《やみくも》に蕎麦を啜った。

（梓馬がゲイ……？）

青年の言葉を胸中で繰り返す双葉は最早蕎麦の味もわからない。梓馬がゲイなんて考えるほどに信じられないことだ。人当たりがよく、いつも穏やかに笑っていて、仕事もきっちりこなし生徒にも人気があり、日向の下を大手を振って歩いていそうな梓馬がゲイだなんて。人違いじゃないのか。いやきっとそうに違いない。これ以上ここにいては駄目だ、混乱する、と双葉は今まで以上にペースを上げて蕎麦を食べる手を動かした。

早々に蕎麦を食べ切った青年二人は、店の主人に器を下げてもらうと今度は焼酎を注文した。焼ちくわを単品で頼んだ赤髪の青年は双葉に興味を持ったようで、無心で蕎麦を啜る双葉に再び声をかけてくる。

「ねえ、店出るとき入口で梓馬さんとなんかしてたよね？　もしかして、お兄さんもあの人に開眼させせられちゃった人？」

短髪の青年が咎める調子で、おい、と声をかけるが、赤髪の青年は平気な顔で双葉からの返答を待っている。双葉は青年の言葉を無視して蕎麦を食べ続けようとするが、そんな決意は二秒と持たなかった。自分の知らない梓馬のことを知っているらしい青年に、つい視線を戻してしまう。

「……開眼って?」

「気になる? 教えてあげたら一杯おごってくれる?」

待ってました、とばかり青年がすり寄ってくる。満面の笑みを浮かべた顔はまだ幼い。大学生ぐらいだろうか。こちらを見上げてにこにこと笑う青年と教え子たちの面差しがふいに重なって、双葉はわずかに肩の力を抜いた。

「……間違いなく成人してるだろうな?」

「失礼な! そんなのとっくだよ!」

「そうか。悪い、そうは見えなかった」

生徒に対する調子で双葉が返すと、奥に座っていた短髪の青年が初めて口元に微かな笑みを浮かべた。

とりあえず蕎麦を食べ終え、双葉も隣の青年たちと同じく焼酎の水割りを注文した。

「梓馬さんはさ、自分と同じ性癖の人間を見つけるのが凄く上手いんだよ」

先に焼酎に口をつけていた赤髪の青年は機嫌よく梓馬のことを語る。正直まだ梓馬がゲイだとは信じきれなかった双葉だが、その疑惑はいったん脇におき青年の言葉に耳を傾けた。

「しかも、本人もまだ自覚してないような人もわかっちゃうんだよ。あれはもう神の目だよね？　俺も全然自覚なかった頃、梓馬さんにぴたりと言い当てられちゃってさー」

「ああ、俺もそうだったな」

奥にいた短髪の青年が事もなげに呟いて、双葉はギョッと目を見開く。赤髪の青年は、だよねー！　と陽気に手を叩いた。

「俺、あの人の手ほどきでこっちの道に目覚めた！」

同意を示すように短髪の青年も頷いて、双葉は喉から妙な声が漏れてしまいそうなのを必死で呑み込み、恐る恐る青年たちに尋ねた。

「……君たちは、梓馬と、その……つき合ってたのか？」

もしかすると多少声が震えていたのかもしれない。青年たちは少し驚いた顔で振り返り、すぐに曖昧な表情で顔を見合わせる。

「つき合ってたっていうか……俺ゲイだったんだー、って自覚はさせてもらったけど……。あの人滅茶苦茶《めちゃくちゃ》優しかったり思わせぶりなこと言ったりするから、つい意識しちゃって」

「でもあの人は、相手が本気になるとスッと身を引くところがあるからな。相手が好きか嫌いかは問題じゃなくて、性癖を自覚させるのが趣味みたいなもんだろ」

どちらにしろつき合っていたというほど深い仲ではなかった、と二人は口を揃えて言う。

双葉は青年たちの言葉を頭の中で反芻して屋台の台に肘をつくと、段々と重たくなっていく額を指先で支えて俯いた。

二人の言葉を信じるなら、梓馬は本人も自覚していない相手の性癖を見抜き、それを自覚させるのが趣味らしい。そのために相手に優しく振る舞い思わせぶりなことを言って、それで相手も梓馬のことを意識するようになって――……。

(……それってまるっきり、今の俺の状況じゃないか?)

そう考えると、何もかもつじつまが合うような気がした。人づき合いが苦手で、他人から敬遠されがちな自分にどうして梓馬は親し気に接してくれるのかずっと不思議に思っていたが、そういうことなら納得だ。

そうか、と双葉はぼんやりと考える。以前ピロティで倒れて梓馬に保健室まで運んでもらったとき、夢うつつで耳にした言葉が耳の奥で蘇《よみがえ》る。

『弱ってるときにつけ込むのは、フェアじゃないですからね』

あのときは意味がわからなかったが、今ならわかる。わざわざ男の自分を抱きかかえて保健室に運ぶという行為も単なる親切ではなく、梓馬の仕掛けた罠《わな》のひとつだったのだ。

そうなると、あのとき保健室で梓馬が口にした言葉も相手を懐柔するためのもので、本心ではなかったのかもしれない。頑張りすぎです、と労るように布団を叩いてくれたあの行為にも、なんの感情も込められていなかったのかもしれない。

わかってしまったら、ドッと体から力が抜けた。

自分はどうやら、ずっと梓馬の掌の上で踊らされていたらしい。梓馬の思惑通り梓馬のことが好きなんじゃないかと思い始め、危うく本気になるところだった。

梓馬にとって自分は、単なる興味の対象でしかなかったのに。そして自分が本気になったら最後、梓馬はあっさりと自分から興味を失ってしまうのに。

「……あいつにとっては、ゲームみたいなもんか」

気がついたら、ぽつりと言葉がこぼれていた。

青年たちの声がやみ、店主が新聞をめくる音だけが湯気のこもった屋台に響く。

自分の一言が空気を凍りつかせてしまったことを悟って双葉が慌てて口を開こうとすると、赤髪の青年が半分ほど量の減っていた双葉のコップに酒をつぎ足してきた。

「まあ、人生いろいろあるよねー」

先程までと変わらない、明るい口調で言って青年は自分のコップを双葉のそれにぶつけた。奥で短髪の青年が「梅干し入れると美味いですよ」と言い添えてきて、双葉はクシャリと顔を歪めて笑った。

名前も知らない自分を慰めようと他愛もない言葉をかけてくれる青年たちの優しさが、ひりひりと痛む胸に沁《し》みる。喉の奥から空気の塊が迫り上がって息が引き攣ってしまいそうだ。

屋台にこもった湯気のせいばかりでなく、視界が霞《かす》んで見えにくくなる。

青年たちの優しさに、泣きそうだ、と思った。

もしかすると泣きそうになっている理由は他にあるのかもしれないが今はそう思うことにして、双葉は終電を過ぎるまで青年たちと屋台で酒を飲み交わした。


なかなか梅雨が明けないので、夜も空気が湿っている。

自宅への道を歩きながら、双葉は厚い雲に覆われた夜空を見上げた。気を抜くと漏れてしまいそうになる溜息をグッと奥歯で嚙み殺す。一緒に掌にまで力が入ってしまい、右手にぶら下げたコンビニ袋がガサリと鳴った。

夕飯を作る気にもなれず珍しくコンビニ弁当を買った双葉は、自宅に戻るとテーブルの上に袋を投げ出してベッドに倒れ込んだ。せっかく買ってきた弁当だが食べる気がしない。今はただゆっくりと休みたかった。

帰り道で必死に耐えていた溜息が、家に帰ってきた気安さからいともあっさりと漏れてしまう。あーあ、と今度は声に出して言ってみたら全身から力が抜けた。

うつぶせでベッドに倒れ込み、双葉は放課後に準備室で梓馬と話した内容を思い出す。

あの瞬間まで、双葉は屋台蕎麦で出会った青年たちの言葉をまだ信じきれずにいた。青年たちが嘘をついているとは思えなかったが、もしかすると彼らの言う『梓馬』は同姓同名の別人かもしれないと、そんな可能性にまだすがっていた。

それくらい、梓馬がゲイであることも、自分がただ彼にからかわれていたのだということも俄《にわ》かには信じられなかった。だって梓馬はいつも裏表なく穏やかに笑っていて、仕事にも真面目に取り組んで、生徒たちにも人気があって。

何より人づき合いの苦手な自分に対して優しかった。

(だから……そこに拘《こだわ》るから騙《だま》されるんだろ……)

目を閉じて、双葉は掌を握り締める。

準備室で話をしたとき、梓馬は明らかに動揺していた。ゲイなのだろうと指摘したときは隠しようもなく言葉を詰まらせていたし、自覚のない者を開眼させるのが趣味なのかと尋ねれば否定の言葉が返ってこなかった。

(——……いっそ否定してくれればな)

そんなことを思い、双葉は何度も指先を握り直す。

いつものような真剣な顔で、たった一言「誤解です」と言ってくれれば、自分はあっさり信じたかもしれないのに。あからさまな嘘を信じるなんて虚《むな》しいことこの上ないが、真実を受け入れるよりはまだ楽だった。

騙されてたのか、と双葉は口の中で小さく呟く。ひとりの部屋ではその言葉を否定してくれる者はなく、ただ現実ばかりが身を押し潰す。

だとしたら、梓馬が自分に対して優しかったのも、慕ってくれているふうだったのも、全部自分をからかうためにすぎなかったのだろうか。

そうなんだろうな、と双葉は目を伏せる。準備室で見た梓馬の狼狽ぶりを見ればそれは疑いようがない。それなのに、自分は梓馬がかけてくれた言葉のひとつひとつが未だに忘れられない。そのときの温度や色や匂いまで鮮明に思い出してしまう。

握り締めた左手の手首には、革の腕時計が巻かれている。以前使っていたシルバーの時計の電池交換はとっくに終わっているのに、梓馬がかけてくれた「似合いますね」なんて他愛のない一言が忘れられずにずっとこちらの時計をつけ続けていた。

双葉はのそのそとベッドに起き上がると時計を外す。何も知らなかったとはいえあんな言葉を真に受けるなんて、とんだ阿呆《あほう》だと鼻先で自分を笑い飛ばす。

ただ、梓馬が自分の腕時計の変化に気づいてくれたのに驚いて、服にしろ小物にしろ誰かに「似合う」なんて言われたためしがなかったからうろたえて、でももっと正直に言ってしまえば、梓馬のような洗練された男にそう言われたのが嬉しかった。

心にもない梓馬の言葉に舞い上がっていた過去の自分が忌々しく、双葉は外した時計を乱暴にベッド脇のチェストの上に置いた。その弾みで、チェストの上からふわりと一枚の紙切れが床に落ちる。それを目で追い、双葉はなんだか泣きたくなった。

床に敷かれたラグの上に落ちたのは、白地に苺の柄がプリントされた飴の包みだ。

少し照れた顔で「俺が買ってきました」と笑って梓馬がくれた飴の名残。こんなもの取っておく必要もないと思いながら、梓馬が自分のために買ってきてくれたのかと思うとぞんざいにゴミ箱に放り込むのも憚られて今日までそこに置いたままだった。

梓馬とゲイバーの前で遭遇するまで、目の端にその包みを捉えては妙に胸を騒がせていた自分を思い出し双葉は笑う。俯いて、痙攣《けいれん》するように笑い続ける。

(馬鹿じゃないか、俺は)

梓馬のちょっとした言動に一喜一憂して、物慣れない自分の態度はさぞや梓馬を面白がらせただろう。優しい顔で笑いながら、腹の底では大笑いされていたのかもしれない。

双葉はベッドを下りると床に落ちた包みを拾い上げ、部屋の隅に置かれたゴミ箱に歩み寄る。握り締めた包みをそのままゴミ箱に投げ入れようとして、手が止まった。

包み紙と一緒に梓馬への未練も全部捨ててしまおうとするのに、こういうときに限ってこれまで見てきた梓馬の声や表情を思い出してしまう。

非常階段に並んで立って『黒沼先生と俺、似てる気がします』と屈託なく笑った顔や、黙々と菓子を食べる自分を眺め『本当に甘いものが好きなんですね』と楽しそうに笑う顔。雨の中、遣る瀬ない気分でひとり捨て猫を見詰めていたときにかけられた真摯な台詞や、保健室での会話の数々。

心配です、と弱り顔で笑ったあの顔が演技だったなんて、どうしても双葉には思えない。

事ここにきて未練がましい。全部忘れてしまえと再びゴミ箱に向かって手を振り上げるが、やっぱり指先は開かない。

ゴミ箱の前でしばらく包みを握り締め、双葉はその手で顔を覆った。

（……どうして今になって――……）

自分はゲイかもしれない。梓馬のことが好きかもしれない。でも確信は持てない、絶対にそうだとは言いきれない。この数日間ずっとそんなことで悩んでいたのに、どうしてこんなタイミングで答えが出てしまうのか。

（今更梓馬のことが好きだって気づいたところで、どうしようもねぇだろうが……）

諦めろ、と自分自身に言い聞かせたところで、頑固な自分はそう素直に聞き入れてくれそうもない。やっぱり何かの間違いじゃないか、今からでも以前の関係に戻れるのではないかと往生際の悪い声が胸の底から響いてくる。

（どうしようもないんだって……）

頑是ない子供に言い聞かせるように情けない声で繰り返すと、少しだけ胸の騒ぎが収まった。その一瞬の隙に双葉は袖口《そでぐち》でごしごしと目元を擦《こす》り、手の中の包みを強く握り締めた。

＊＊＊

黒い重厚な扉の前で足を止め、一度大きく息を吸い込んでから扉を開ける。途端に店内から酒の匂いと煙草の匂いが流れ出し、梓馬はしばし無言でその淀んだ空気に身を晒した。そう広くもない店内をざっと見回し双葉の姿がないことを確認し、そのまま踵を返そうとしたが、失敗した。

「あれ、梓馬ー！　また来てたのー？」

マチの声だ、とわかった瞬間後ろに足を引きかけたが、薄暗い店内のどこにマチがいるのか見定められないうちに横から首に腕を絡まされていた。

「急に来なくなったと思ったら、また唐突に復活？」

「……違う、人を探しに来ただけだ」

手短に答えてマチの腕を振りほどこうとするが、耳元でマチがひそひそと囁く言葉に動きが止まる。

「金曜にカウンターで飲んでた人のこと探してんの？」

ギョッとしてマチを振り返ると、マチは自ら腕を解き両手を叩いて笑い出した。

「当たりー！　なんでわかった、みたいな顔してるけど当たり前じゃなーい。人のことほったらかしにしてさんざん店の人間にあの人が何してたのか聞き回ってたくせにぃ」

けらけらと笑うマチにげんなりして、梓馬は無言で店に足を踏み入れるとカウンター席に腰かけた。当然の顔でマチも隣に腰を下ろす。

「……誰かと一緒だったんじゃないのか」

「大丈夫ですー、ちょっと席離れたくらいで目くじら立てるような度量の狭い男と酒は飲まない主義なんですー」

無意味に語尾を伸ばして酒を注文するマチに続き、梓馬もカウンターの向こうに立つマスターを呼び止める。酒を頼むついでに双葉が来ていないか尋ねてみるが、金曜の夜以来見ていないとのことだった。掌で口元を隠しそっと安堵の溜息をついたつもりが、隣に座っていたマチはそんな些細《ささい》な仕種も見逃してくれない。ウィスキーのつがれたグラスに浮かぶ大きな氷を指先でカラカラと回しながら、含み笑いを浮かべて梓馬の顔を覗き込んでくる。

「梓馬、あの人のこと気になってんの？」

水割りのウィスキーを受け取った梓馬は、マチの質問には答えず無言でグラスを傾ける。その通りだ、と言ったところで何になる。いたずらにマチを面白がらせるだけだ。

双葉に自分の本性がばれたと発覚してから三日が経つ。恐らく傍目には自分たちの関係はほとんど変わっていないように見えるだろう。双葉が終始仏頂面なのも言葉が短いのも人の目を見ようとしないのも、今に始まったことではないからだ。

だが梓馬には、双葉が完全に自分に心を閉ざしているのがわかる。双葉はこれまで通り週案のチェックをしてくれるし、ショートホームルームの後は並んで職員室に戻っていくが、梓馬の前では絶対に能面のような表情を崩さない。会話はなんとか成立しているが、必要最低限のことだけ喋ったらすぐに切り上げようとしているのが明らかだ。

カウンターに肘をつき、マチとは反対側を向いて梓馬は考え込む。

こういうタイミングで双葉が自分の性癖に気づいたということは、何かしら自分の行為がきっかけになっているはずなのだが、だったらなおさら双葉の態度の豹変《ひょうへん》ぶりが理解できない。同性を意識するきっかけにはなったものの、自分のことは別段好きにならなかったということか。かくいう自分だって、大学時代酔ってキスをしてきた同級生に己の性癖を自覚させられはしたものの、その相手を特別好きになることはなかった。

はたまた店で知り合ったという人物から自分の過去の悪事を聞かされ幻滅されてしまったか。後々トラブルになるようなことは避けてきたつもりだが、まったく他人に恨まれていないかと問われれば素直に頷くのはためらわれる。

それとももしや、双葉はもう店で気の合う相手を見つけてしまい、その相手とつき合っているという可能性も——。

ギシ、とグラスを握る指先に力がこもる。

どれだけ冷静に現状を整理しようとしてみても、いつだってその可能性を考えると心中穏やかではいられない。無自覚に口の中で悪態をつくと、またしても耳聡くマチに聞きつけられてしまった。

「珍しく苛々してるわねぇ?」

マチの口調は新しいおもちゃを見つけた子供のように弾んでいる。無視を決め込む梓馬だが、マチは相手の反応などお構いなしだ。

「店から出てきたところをチラッと見ただけだったけど、あの人あんまりこの界隈に慣れてなさそうな顔だったわよねー。もしかして、あの人が梓馬の次の標的だった？」

答えず酒を飲み下すと、隣でマチが声を上げて笑った。

「随分旗色悪いんだ。上手くいってないんでしょ、梓馬にしては珍しい」

「……お前はもう少し静かにできないのか」

「らしくないなぁ、カリカリしちゃって。いつもだったら上手くいかないときこそ楽しそうにしてたし、それでも駄目ならあっさり諦めちゃってたのに」

そんなことは梓馬にもわかっている。だからこそ苛々する。こんなにも双葉に拘ってしまう自分が理解できない。憮然とした顔でグラスの中を覗き込んでいると、梓馬さぁ、とマチが笑いを押し殺した声で言った。

「もしかして、本気で好きになっちゃった？」

ピクリと肩先が痙攣して、梓馬はゆるゆるとマチの方を見る。カウンターに肘をついて体ごとこちらに向けていたマチはその時点で必死に笑いを堪えていて、梓馬の目を覗き込むとブハッと盛大に噴き出した。

「やだ、本気だわ！　マスター、ちょっと、お赤飯！」

「お前……っ、さっきからなんだ！」

「だって好きなんでしょー？　自分で気づいてないとか、意外と間抜けなの？」

笑いながら失礼なことを言うマチを梓馬は黙ってやり過ごそうとする。内心で、そんな馬鹿な、と思った。梓馬にだってこれまでも恋人はいた。それこそ後が途切れないほどいた。けれどその誰に対してもこんな気分になったことはない。こんなに口の中がざらざらするような、喉の奥から苦いものが込み上げてくるような、こんな気分には。

梓馬ぁ、と笑いを潜ませた声でマチに呼ばれた。横目で隣を見ると、マチはカウンターに肘をついて猫みたいに目を細めて笑っている。ろくなことを言いそうもない顔だ。視線を前に戻そうとすると、マチがガラリと声色を変えた。

「お前が狙ってないんだったら、俺があの人のこと口説いてもいいな？」

マチの口調が男に戻る。

なんだかんだとつき合いの長い梓馬は知っている。マチの素は、間違いなくこちらだ。そしてマチが素の口調で何か言うときは、大概が本気のときだ。

お前な、と梓馬の口元に笑みが浮かぶ。

マチが自分を煽《あお》ろうとしていることは見え見えだ。そんなわかりやすい言葉で自分をたきつけているつもりかと笑い飛ばそうとして、それなのに、なぜだろう。

気がつくと梓馬は正面を向いてカウンターに座ったまま、左腕だけ伸ばしてマチの襟元を目一杯ねじ上げて摑んでいた。

「……視線も合わせないくせに、手元だけ正確に急所狙ってきたわね……」

喉を締め上げられたマチが苦し気な声を上げ、それでようやく梓馬は自分がマチの襟首を摑み上げていることを自覚する。手の甲に血管が浮かぶほど本気でマチの首を締め上げる自分の手を見て、梓馬は無言で指先を緩めた。

空咳をしてマチが襟元を正す。

「その態度でまだ好きじゃないとか言い張るんだったら、梓馬本当にただの馬鹿ね」

「──────……」

反駁《はんばく》しようと口を開いて、でも梓馬はどんな言葉も口にすることができなかった。

違う。違うのか、本当に。そんな疑問が渦を巻く。

ここで違うと断言して、双葉がまたこの店に来るようなことがあったら、マチは本気で双葉に声をかけたりするのだろうか。

これまでは影のように顔のない人間が双葉に言い寄る姿しか想像できなかったのが、明確な輪郭を伴うと急速に危機感が募った。

これでもまだ好きでないと言えるのか、と自分自身に問いかけて、梓馬は手にしたグラスをカウンターに叩きつける。言ったら終わりだとわかっているのに、喉の奥から迸《ほとばし》るものを抑えきれなかった。

「悪かったな、好きで！」

言うが早いか、マチが弾《はじ》けるような声を上げて笑い出した。店中の視線が集まってくるほど大きな笑い声を、梓馬はもう止めなかった。張り詰めていたものが途切れたような、妙に気の抜けた気分でカウンターに肘をつく。

自分でもまだ信じ難いが、恐らく自分は双葉を本気で好きになっている。そうでなければ平日の夜にわざわざ双葉を探してこんな場所にまで来るわけがないし、露骨に避けられているとわかってなおしつこく双葉のことばかり考え続けるわけがない。

白状すれば、本当はもっと早い段階でいつもと違うことはわかっていた。

相手の反応を見定めるとき、笑いを噛み殺すのではなく息を潜めるようになったのはいつからか。相手の言葉の真意を分析するのなんてそっちのけで、意味もなくその声や表情を繰り返し思い返すようになったのはいつからだったか。

これまでの自分の反応とはまったく違っていたのは歴然としていたのに、それが恋だと受け入れるまでに随分時間がかかってしまった。

理由はなんとなくわかる。自分は長く、恋に溺《おぼ》れる人間を見下してきたのだ。無様で必死で、自分はああはならないと根拠もなく思い込んでいた。けれどそんな理由で自身の状況すら正しく把握できていなかったのだから、自分の方がずっと愚かだ。

口元を自嘲の笑みが過る。気づくにしたって遅すぎた。せめてもう少し前だったらと思わざるを得ない。そうすれば。

（……そうすれば、何か行動に移せていたんだろうか）

梓馬の口元から笑みが消える。

下準備はもうとっくにできていた。双葉の反応は悪くなかった。以前の自分なら、とうに相手を押し倒していてもおかしくなかったのに。

双葉に対しては容易にそれができなかった。

倒れた双葉を保健室に運んだときなんて絶好のチャンスだったのに、病人が心細くなっているところにつけ込むのはフェアじゃないなんてらしくもないことを考えて、結局手が出せなかった。

薄暗い店内とアルコールのおかげで、自身を覆っていた固い殻がゆるゆると剝がれ落ちていく。無意識に目を背け続けていた本音に、期せずして肉薄してしまう。

（弱みにつけ込んで振り返ってもらうんじゃなくて、もっと正攻法で、ちゃんと俺を選んで欲しかったんだ……）

なし崩しに自分を選ばせるのではなく、双葉自身に選んで欲しかった。だから手を出すのをためらった。いや、手が出せなかった。差し伸べた手を振り払われてしまうのが怖くて。

「あー……」

梓馬はしゃがれた声を上げて天井を仰ぐ。

中学生時代に書いた自作の歌詞とか日記とか、そういう見たくもないものを見てしまったのと同じ気分で顔を顰《しか》める。

それまで大人しく梓馬の横顔を観察していたマチが、さすがに我慢できなくなったのかいそいそと身を乗り出してきた。

「梓馬、もしかして、もしかするとさ、それ、梓馬の初恋だったりする?」

楽しくてたまらないという顔を隠そうともせず、笑いを堪えた声で尋ねてくるマチに梓馬は剣呑な目を向けた。

「……だったらなんだ」

「認めちゃうんだ⁉」

背の高いスツールの上で、マチは両足をばたつかせて笑う。いつまでも笑いやまないマチを横目に梓馬はグラスを呷った。

「笑ってろ。どうせ柄じゃないとでも思ってんだろ」

口にしてから、それが双葉の口癖だったことに気がついた。

柄じゃないだろ。そう言ってそっぽを向くとき、双葉はいつも身の置き所がないような顔をしていた。それはきっと、こんな気分だったのだろう。

柄じゃないから笑われたって怪訝な顔をされたって仕方がない。でも、これが本心なのだからもっとどうしようもない。

（……もしかすると、思ったより辛い状況だったのかもしれないな）

酒と焼酎と塩辛が好きそうな顔をして甘い菓子が好きとか、道端の小動物なんて蹴り上げそうな顔をして動物好きとか、どこまでもやる気のない風情で実は熱血教師だとか。

外面と内面の違いに意外そうな顔や奇異の視線を向けられるたび、双葉はずっと居心地悪く俯いてきたのだろうか。

自分だったら、と梓馬は思う。

（俺だったら、全部受け入れられるのに……）

全部受け入れて、そういう貴方が好きだと言いたい。だが、それを口にすることはきっとこの先ないだろう。

「だったらこんな所にいないでとっとと告白しちゃえばいいのに」

梓馬の思考を読んだかのように嫌なタイミングでマチが言葉をかぶせてきて、梓馬は横目でマチを睨んだ。

「簡単に言ってくれるな」

「だって好きなんでしょ？　言わないの？」

「……言ったところで、どうにもならない」

この三日間の双葉の態度を間近で見たら、誰だって告白しようなんて気力は根こそぎ刈り取られるはずだ。それぐらい双葉の拒絶は強固だった。

マチは指先でグラスの中の氷を回し、振られちゃったの？　と遠慮なく尋ねてくる。答えてやる義理もないはずなのに、さすがに心身ともに疲弊していたせいか、いつになく梓馬の口は軽かった。

「好きだとも言ってない。言う前に避けられるようになった」

「避けられた原因は？」

「ゲイだってばれたからか、過去の悪行がばれたからか……どっちかだ」

「前者はなさそうだけどなー。あの人わりとこの街の雰囲気に馴染んでたし」

マチも一瞥《いちべつ》しただけで双葉を同類と判断したらしい。勘の鋭い男だから、その予想は恐らく外れていないだろう。梓馬は喉の奥で小さく笑って、カウンターに肘をつく。

「じゃあ昔の悪行がばれたんだろ。潔癖な人だから」

「潔癖ー？　あの人が？　そんなふうには見えなかったけど」

「でも、そうなんだ」

どことなく誇らしさの混ざってしまった声で梓馬は断言する。双葉の側でその言動を見てきた自分にはわかる。自分だけが知っている双葉の意外な一面だ。

だが、そういう新鮮な驚きを発見する日々はもう、戻ってこない。

またしても黙り込んでしまった梓馬を横目で見て、マチはグラスの中身を一気に飲み干すといきなり梓馬の腰に膝蹴りを入れてきた。

衝撃に手元が狂ってグラスの中身がこぼれそうになる。咎めるより早く、マチが呆れ返った声を上げた。

「なんなの、この辛気臭さ。まだ振られてもないのに世界の終わりみたいな顔しちゃって。面倒臭いからとっとと告白してきちゃいなさいよ。断られるのが怖いからって黙り込むとかどんだけ意気地がないわけ?」

「マチ……お前な——……」

双葉のツンドラ気候並みに冷たい視線に晒されてみろ、と言い返そうとした梓馬だが、それをマチの底意地の悪い笑みが押し止めた。

「そうやってアンタがうじうじしてる間にお目当ての相手は別の誰かにかっ攫《さら》われちゃうのよ? 恋愛なんて早い者勝ちなんだから」

不吉な発言に、不覚にも心臓をがっちりと摑まれた気分になった。息苦しさに襲われて次の言葉が出てこない。

双葉はああ見えて純粋だ。一本気なところもある。きっと誰かとつき合い始めたら、自分のように次々相手を変えるような真似《まね》はしないだろう。もしも別れることがあったとしても、その相手のことは長く心にとどめておくに違いない。

誰とも知れない人物が双葉の記憶や心に消えない跡を残すのだと想像すると、それだけで腸が捩れそうになった。こんなにも耐え難く何かを嫌だと思ったこともない。

黙り込む梓馬の腰を、もう一度マチが膝で蹴る。先程よりは幾分加減した力で。

「恋にトチ狂った人間なんて皆揃って馬鹿ばっかりなんだから、梓馬だって恥ずかしがらずに馬鹿になっちゃっていいんじゃない？」

梓馬はマチの言葉を反芻し、心の中で白旗を揚げた。

無駄にテンションが高くて長く側にいるとやたらと疲れさせられるくせに、この街でマチが誰からも慕われている理由をこんなときに実感した。この男は他人が欲しいと思っている言葉を知っていて、息を吐くような自然さでそれを唇に乗せてしまう。

梓馬は無言で立ち上がると、マスターに自分の分とマチが飲んでいた酒の代金を合わせて支払った。

「何それ、お礼のつもり？　やっすーい！」

高らかな声を上げて笑うマチを見下ろし、梓馬は真顔で頷く。

「上手くいったら飯でもなんでもおごってやる」

その顔を見上げたマチは機嫌よく笑って、「じゃあ応援してる」と軽くグラスを傾けた。


マチと別れて店を出ると、梓馬はその足で双葉のアパートへ向かった。

時刻はそろそろ夜の十時を回る。訪問するには遅すぎるのは重々承知で、梓馬は以前一度だけ訪れた記憶を頼りに双葉のアパートの前までやってきた。マチに尻を叩かれた勢いのまま、古いアパートの外階段を上って双葉の部屋の前に立つ。

部屋の中からは明かりが漏れていて、一度大きく息を吸ってからチャイムを押した。チャイムの残響が消えるまでの間、肋骨《ろっこつ》の下で跳ね回る心臓の鼓動がはっきりと伝わってきた。自分でも驚くほど緊張している。教員採用試験の面接でさえ、ここまで心臓は暴れなかったのに。

ほどなくしてアパートの扉が開き、双葉が顔を覗かせた。

双葉はドアスコープも覗かず扉を開けたのか、そこに梓馬がいるとはまるで予想していなかったらしい。ひどく驚いた顔でこちらを見上げてくる双葉に、こんなにもくっきりと表情が変わるのを見たのは久しぶりな気がして、また心臓が大きく脈打った。

だが双葉が表情を変えたのは一瞬で、すぐに能面じみた無表情に戻るとゆっくりと扉を押し開けた。

「……どうした、こんな時間に。何かトラブルか？」

声や表情では明らかに梓馬を拒絶しているくせに、双葉は完全に梓馬を突き放すことはしない。梓馬の指導を任されているからか、仕事の面に関しては見放さないつもりなのか。どちらにしろ義理堅い、と苦笑をこぼし、梓馬は軽く頭を下げた。

「夜分遅くにすみません。どうしても、先生に相談したいことがあって」

「……明日、学校でじゃ駄目なのか」

「いえ、できれば今すぐ」

双葉の眉間に細い皺が寄る。迷惑がっているのではなく、悩んでいる顔だ。きっと自分と二人きりで話をするのは避けたいのだろう。でも、本当に困っていることがあるのなら放っておけないとも思っている。

案の定、少しの間黙り込んだ双葉は無言で梓馬を部屋に招き入れた。

人が好《い》い、と思う。だが今日はその人の好《よ》さにつけ込むつもりで来たのだから梓馬も遠慮はしない。

双葉の部屋は前回訪れたときと同様よく片づいていた。仕事でもしていたのか、ローテーブルの上に広げられていた資料をざっとまとめて床に置くと、双葉は梓馬を座らせ自分はキッチンへ向かう。

「コーヒーでいいか」

そう言って目の前を通り過ぎようとする双葉の手を、とっさに梓馬は捉えていた。さほど強く握ったつもりもなかったのだが、双葉は足の動きをぴたりと止めてそれきり動かなくなってしまう。

斜め下から見上げた双葉の表情はよく見えない。ただ、双葉の猫背気味の背中や細い肩、華奢《きやしや》な手首を見ていると、この体に他の誰かが触れるのは耐えられないと痛感した。

生まれて初めて、一個人を丸ごと自分のものにしてしまいたいと思った。その強烈な欲望に自分でも慄《おのの》いて、一瞬息が詰まる。

「黒沼先生――……」

無様にも掠れた声で双葉を呼んだ。振り返った双葉は先程までと変わらず一切の表情を取り払っていて、でもその下に何かを隠していることにようやく梓馬は気づく。

何かは知らない。でもその何かを引きずり出したいと思ったら、自然と双葉の手首を摑む指先に力がこもった。

「先生、今誰かとつき合ってるんですか」

単刀直入に切り込むと、双葉が軽く目を見開いた。とっさにはそれが驚きなのか困惑なのか見極められず、目を凝らそうとすると勢いよく摑んだ手を振り払われる。

双葉は梓馬の傍らに立ったまま、無意識なのか摑まれていた手首をもう一方の手でさするような仕種をして低く呟いた。

「……私生活についての干渉はなしにしようって、言わなかったか」

「言われましたが、俺は了承してません」

我ながら小憎らしいと思う言葉を敢えて選んで言い放ち、梓馬もその場に立ち上がる。押し殺した表情でやり過ごされてしまうくらいなら、いっそ双葉を怒らせてしまいたかった。

梓馬は双葉の真正面に立ってその顔を覗き込む。

「質問に答えてもらえませんか」

双葉の顔が見る間に険しくなる。出会った頃ならすっかり気圧《けお》され口を噤んでいたところだ。それくらい凶悪な面相を前に、梓馬は怯まず同じ質問を繰り返した。

「……そんなもん、訊いてどうする」

真夜中に響く雷鳴にも似た不穏な声で問い返され、梓馬は言い淀んだ。

恋愛遍歴の豊富な梓馬だから、互いの心が見えにくいこうした微妙な場面に立ち会うのも初めてではない。いかにも相手の心に響きそうな甘い言葉もスマートな口説き文句も何度となく口にしてきた。それなのに、こんな肝心なときに限って上手い言葉が出てこない。

唇を開きかけて、また閉じる。

そういえば双葉もよくこうして唇を開けたり閉じたりしていたが、こんなふうに胸の中にたくさんの言葉を抱え、でも何ひとつ口にできずに歯痒い思いをしていたのだろうか。

伝えたい、伝えられない、柄じゃない、と俯く双葉の姿を想像したら、喉を塞いでいたためらいのようなものがどこかへ吹き飛んだ。

「特定の相手がいるのなら、その相手と全力で戦うつもりです」

直前まで頭の中で考えていた小洒落《こじゃれ》た言葉もためらいと一緒にどこかへ飛んでいってしまったらしい。しまった、と思ったものの一度声になった言葉は取り消せず、梓馬は腹を決めて続く言葉も余分なものをすべて削《そ》ぎ落とした本音にすり替える。

「いないのなら、この場で口説き落とします」

自分でも思いがけずきっぱりとした声が出て、自分の覚悟の強さを実感した。諦めるつもりなんてさらさらないんだな、と事ここにきてようやく自分のしぶとさと図太さを悟る。

双葉はしばらく、まったくの無表情で梓馬の言葉に耳を傾けていた。それまでのように無理に表情を消し去ったわけではなく、本当に表情筋を動かすことを忘れたかのような顔で。

しばらくして、ようやく双葉の眉間に一本の皺が寄る。

これは困惑の表情だ、と正しく見定めた梓馬は、一番わかりやすい言葉で双葉に自分の気持ちを伝えようとする。これまでの人生で何度も口にしてきたはずなのに、生まれて初めて口にするのにも似た緊張感に包まれ、声を張った。

「黒沼先生のことが、好きなんです」

そう口にした次の瞬間、凪《な》いだ湖面に風が吹き、一気に波紋が広がるように双葉の顔に驚愕の表情が広がった。

久方ぶりに見る鮮やかな表情の変化に梓馬は見とれる。思わず手を伸ばしかけると、気づいた双葉がその手から逃げるように後ずさりをして、床上のクッションに足を捉われた。

バランスを崩した双葉の体が傾いて、助けようとしたが間に合わずラグの上に尻餅《しりもち》をつく。

慌てて梓馬もその場に膝をつき、大丈夫ですかと双葉の顔を覗き込んで息を呑んだ。

それまでどこか茫洋とした目でしか自分を見ようとしなかった双葉の瞳に、強い光が戻っていた。けれどそれは、ほとんど怒りに近い狂暴さだ。

「……俺が好き？　お前が？」

笑ったつもりなのか、口元を引き攣らせて双葉は梓馬の言葉を繰り返す。その通りだと梓馬が頷くと、双葉は顔を伏せて肩を震わせ始めた。笑っている。

喉の奥で声を押し殺すようにして笑う双葉に、梓馬はなんと声をかければいいのかわからない。質の悪い冗談だとでも思われてしまったのか。それとも双葉にとって自分はまったく恋愛の対象にはならないのか。どちらとも判断がつかず双葉が笑いやむのを待っていると、やおら双葉が伏せていた顔を上げた。

向けられた顔を見て梓馬はまた言葉を失う。双葉は笑ってなどいなかった。完全に怒りに染まった顔で梓馬を見返し、いつになく強い口調で言い放つ。

「じゃあ、俺も好きだって言ったら、お前どうするつもりだ？」

それは、と梓馬が答える前に、いきなり双葉に胸を押された。不意打ちにいとも簡単に体が傾いて、今度は梓馬が床の上に背中から倒れ込む。そこに双葉が覆いかぶさってきて、シャツの胸元を乱暴に摑まれた。

双葉が馬乗りになってきて、突然回転した視界に意識がついていかない。視線を巡らせると、真上からとんでもない形相で自分を睨みつけてくる双葉と目が合った。

「そう言えば満足か、気が済んで俺の側から離れていくのか……！」

低く押し殺した声で呻いてギリギリと胸倉を摑んでくる双葉は、眉を吊《つ》り上げ目を見開いて、今まで見た中で一番凶悪な面相をしているくせに、どうしてだか今にも泣き崩れてしまいそうに梓馬の目には映った。

「黒沼先生、何を――っ…」

「言っただろう！　他の連中に全部聞いた！　お前が面白半分で好きでもない相手をその気にさせることぐらい知ってる！」

双葉の目が赤い。

否定したいが、実際過去の自分が行ってきたことだ。口を噤むと吊り上がっていた双葉の眉が八の字に歪み、ふいに顔を背けられた。

「――……これ以上俺をからかって楽しいか……！」

双葉は怒っている。怒っているようにしか見えない。それなのに、声だけが弱々しく潤んで震えている。

抱きしめたい、と思った。突き飛ばされても構わない。怯えたように縮こまる体を胸に抱き寄せてしまいたかった。

思うが早いか、梓馬は床に手をついて勢いよく上体を起こす。双葉の体が傾いて、後ろに倒れそうになったところを問答無用で抱きしめた。

思いがけず華奢な双葉の体が腕の中で硬直する。だが大人しかったのは一瞬で、案の定双葉は梓馬の腕の中で闇雲に暴れ始めた。

「やめろ……！　なんでお前は、そうやって……っ」

いくら体格差があるとはいえ、本気を出した成人男性を押さえ込むのは骨が折れる。握り締めた拳で肩を叩かれ、肘で脇を抉《えぐ》られ、膝で腹を蹴り上げられながらも梓馬は双葉を抱きしめて離さなかった。

「……っ」

途中、みぞおちに拳だか肘だか、とにかく硬いものがめり込んで梓馬は息を引き攣らせる。衝撃に梓馬の腕が緩んだ。それなのに双葉はその隙をついて逃げ出すどころか、急に暴れるのをやめてしまう。

唐突な沈黙が室内に落ちる。

耳元で聞こえる乱れた呼吸の下で、双葉がこちらの様子を気遣っているのがわかる。こんなときまで人が好い、と思ったら、梓馬の唇を笑みが掠めた。

少しだけ腕の力を緩め、肩で息をする双葉の背中を叩いてやる。ビクリと肩を震わせた双葉の背を幾度か叩いてやると、肩口で双葉が細く長い息を吐いた。自分を落ち着かせるように時間をかけて吐き出された息は乱れていて、梓馬は双葉の背中をさする。

ややあってから、双葉が脱力したように梓馬の胸に凭れてきた。

「……俺も好きだって言ったら」

掠れて聞き取りにくい、潜めた声で双葉が言う。

「もう、興味も失《う》せて、俺から離れていくんだろう……？」

出会ったばかりの頃だったら、この弱々しく低い声を自分は憮然とした声と聞き間違えただろうか。梓馬は唇を開きかけ、そこではたと視線を止めた。

視線の一直線上、白いチェストの上に見慣れた包み紙が置いてある。苺の絵がプリントされたそれは、以前自分が双葉に渡した飴玉の包みだ。

綺麗にたたまれて大事そうにチェストの上に置かれたそれを見て、不覚にも胸を衝かれた。すぐには声も出ず、ただ双葉を抱きしめる腕に力がこもる。

（……本当に、キャラじゃないことばかりする――……）

不意打ちはいつだって鮮烈で、何度でも梓馬の足元をぐらつかせる。なんとか体勢を立て直すものの、すぐに新しい発見と驚きが襲ってきて気が休まらない。

でも、そこが愛《いと》しい。強烈に惹きつけられる。

感極まった梓馬は双葉の頭を力一杯胸に抱き寄せ、低く囁いた。

「嫌いだって言われても離れませんし、好きだって言われたらもっと離れられません」

それは梓馬が嫌う恋に溺れた馬鹿者がいかにも口にしそうな台詞だったが、そんな自分を嘲笑《あざわら》う余裕もなかった。馬鹿だろうがなんだろうが、これが自分の嘘偽りない本音なのだから仕方がない。

気がつくと、腕の中で双葉が泣いていた。夜に降る雨のように静かに、さっきまで人の腹の上に乗って、このまま取って食われるんじゃないかと思うくらい狂暴な顔をしていたとは思えないくらい弱々しく、肩を震わせて。

梓馬は双葉の髪に唇を寄せ、忙《せわ》しない呼吸を繰り返す背中をそっと撫でる。

好きですよ、ともう一度囁くと、腕の中から聞こえてくる双葉の息遣いがますます乱れた。

これ以上双葉を泣かせたくないのか、はたまたもっと泣かせたいのか自分でもわからなくなりそうで、梓馬は双葉の背を抱き寄せて弱り顔で口を噤んだ。

＊＊＊

人前で泣くのなんてどれくらいぶりだろう。

梓馬に背中を叩かれたり撫でられたり、何分かおきに「好きです」と囁かれたりしてとっくに泣きやんでいた双葉だったが、顔を上げるタイミングを見失ってすっかり梓馬の腕の中で動けずにいる。

（ていうか、どんな顔すりゃいいっていうんだよ……！）

さすがにこのままでいるわけにもいかないと梓馬の胸に押しつけた額を離そうとはするのだが、こんなに大泣きした後でどうやって梓馬の顔を見ればいいのかわからない。うっかり喉の奥で唸ってしまうと、「先生？」と梓馬が双葉の前髪をそっと耳にかけてきた。

横顔が露わになる。もうこれ以上梓馬の膝の上でジッとしているのも限界で、双葉は目一杯顰めた顔を上げた。

視線の先にいた梓馬は心配顔でこちらを見ていて、双葉の顔を見ると幾分ホッとした表情でその目元を指先で拭った。

「……泣きやんでなかったらどうしようかと思いました」

まだ少し湿り気を帯びた双葉の目元に指を這わせて梓馬が笑う。優しい笑顔に息が詰まって、双葉は中途半端に視線をさまよわせた。目を逸らしたつもりでも視界の中には梓馬が残り、嫌でも頬が熱を持ち始めて双葉は手の甲で乱暴に頬を拭った。

「黒沼先生――……」

「待て！　黙れ！」

何事か言いかけた梓馬を慌てて黙らせる。大人しく梓馬が口を噤んだのはいいが、今度は沈黙が重くのしかかってきて双葉は本気でこの場から逃げ出したくなった。

（――……好きだって言われた）

また、じりじりと頬が熱くなる。

梓馬に抱きしめられた状態で、何度も同じ言葉を囁かれた。声は甘い響きを伴って、それが家族や友人に対して言う好きとは違うものだということくらい双葉にもわかった。わかったけれど、そういう言葉を自分がかけられる日がこようなんて夢にも思っていなかっただけに、すぐには現実として受け入れ難い。しかも、相手はあの梓馬だ。

（……なんで梓馬が、非の打ちどころもない爽《さわ》やか好青年のくせに、俺なんか……）

わからない。からかわれているだけなのだろうか。こちらは梓馬の手の内などお見通しだと告げたのに。それでも果敢にからかい続けているということか？　まさか、と思う反面、梓馬が本当に自分のことを好きだと思うよりはまだ現実味がある。

フラフラと定まらない視線をもう一度梓馬に向ける。梓馬は真剣な面持ちで双葉の言葉を待っている。男前な顔に一直線に見詰められ、まともに視線を合わせられなくなった。ありえないと思いながらも完全に意識している自分に頭を抱えたくなる。

（からかわれてるに決まってるだろ！　いい加減認めろ、俺！）

双葉は一度奥歯を噛み締めると、俯き気味にしていた顔を勢いよく上げて怒鳴った。

「――……っ、騙されてやる！」

双葉の声を真正面から受けた梓馬が目を丸くする。その表情が変わる前に、双葉は一気にたたみかけた。

「からかわれてるのも遊ばれてるのも承知してお前に騙されてやる！　だから好きにしろ！　気が済んだら――……」

出ていけ、と言おうとして、梓馬に掌で柔らかく口を塞がれた。大人しく言葉が引っ込んだのは、口を塞がれるまでもなく自分だってそんなことは言いたくなかったからだ。

梓馬は眉尻を下げて笑う。見ているこっちの方が胸が絞られるような切ないその笑顔に、なんでお前がそんな顔するんだ、と双葉まで泣きたくなる。

梓馬は双葉の口元からそっと手を離すと、双葉の肩に両手を置いて自分の胸に引き寄せた。

「……黒沼先生、好きですよ」

互いの額がぶつかる距離で梓馬が囁く。好きだと言われるのは何回目だろう。途中から数えるのなんて忘れてしまった。本気でないとわかっているのに、言われるたびに胸が締めつけられる。息を吸うのも辛くなる。

顔を背けようとしたら本当に額に額を押し当てられて動けなくなった。間近で見上げる梓馬の表情は、これまでの温和な印象をかなぐり捨てた険しいものだ。

「そう簡単に信じてもらえないのは覚悟してます。疑われるだけのことをしてきた俺が悪い。……でも、本気なんです」

どうして梓馬がこんなにも苦しい表情をするのか双葉にはわからない。何かを悔いているかのような表情だが、そんな顔をする理由すら双葉には見当がつかなかった。

梓馬は互いの額を寄せ合ったまま小さく目を伏せた。

「白状してしまえば、最初に先生に近づいたのは、興味本位でした」

予想しない方向から飛んできたボールを背中でもろに受けたときのように、双葉の息が一瞬途切れる。それを悟ったのか、梓馬がゆっくりと双葉の肩を撫でた。

「先生が誰かから聞いた通り、俺にとって自覚のない同類を開眼させるのはほとんど趣味でした。相手のことを好きか嫌いかは関係なく、自分のことを意識させるのを楽しんでいたのは、認めます」

梓馬の声は静かだ。嘘を言っている気配はない。

わかっていたのにこうして面と向かって真実を告げられると胸に細い錐《きり》で穴を開けられるようで、双葉は無理やり喉を上下させた。カラカラに乾いていた口内がほんの少しだけ潤って、なんとか言葉が舌に乗る。

「……だよな……。知ってた……。だから――……」

「学校で捨て猫が見つかった日、雨が降ったでしょう」

双葉の掠れた声を封じるように、梓馬が唐突に話題を変える。数週間前のことを思い出すのに時間がかかって双葉が口を閉ざすと、その隙に梓馬はどんどん言葉をかぶせてきた。

「あの日、たったひとりで傘を差して雨の中ずっと猫を見ていた先生の背中を見て、なんだかたまらない気分になったんです。真正面から向き合うと威圧されそうなのに、後ろ姿はびっくりするほど小さくて、目が離せませんでした」

梓馬の言葉で、あの日の光景が鮮明に蘇ってくる。雨に打たれて震える子猫を見下ろしながら、その行く末に思いを馳せて気持ちが塞ぎ込んだ。このままでは本当に保健所に連れていかれてしまう。いっそ自分が飼いたいところだがそれも難しい。どうしようもなく俯いたところで後ろから梓馬に声をかけられた。

あのとき、梓馬の芯《しん》の通った声や言葉になんだかひどく安心したことを思い出す。

「その後も、濡れた猫のために自分の白衣をタオル代わりに使ってやったり、生徒に猫を引き渡すのを惜しそうにしていたり、姪御さんからもらったキャラもののタオルを律儀に使っていたり」

正直覚えていて欲しくなかったことまで梓馬が口にし始めて、双葉は無意識に肩を怒らせた。

「ど……どうせ、キャラじゃないって言いたいんだろ」

「そうです。キャラじゃないって驚いて、どうしてこんなこと隠してたんだと思いました」

隠さないと気味悪がられるだろうが、と続けようとして視線を上げた双葉は、間近に迫った梓馬の表情を見て声を失う。梓馬は双葉の目を見詰め、蕩けるように笑った。

「可愛いなと思ったんです。凄く」

気負いもなく口にされた梓馬の言葉を、双葉は一瞬聞き逃しかける。自分には縁遠い言葉は脳に達するまで時間がかかり、理解するのにはもっと時間を要した。

可愛い、と、子供の頃親族にも滅多に言われなかった言葉をかけられたのだと気づいて双葉の頭に血が上る。瞬間的な羞恥は怒りにも似て、双葉は肩に置かれた梓馬の手を振り払おうと身を捩らせた。

「お前な……っ、嘘をつくならもう少しもっともらしいことにしろ！」

勢いのまま梓馬の胸を押しのけようとしたがびくともしない。それどころかまたしても背中に腕を回され抱き寄せられてしまった。

「そう言われても、本当のことですから」

「さらっと嘘をつくな！」

横顔を押しつけた梓馬の肩先が震える。笑ったのかもしれない。双葉の頬はあっという間に赤くなる。なおも暴れようとする双葉の背中を、梓馬が優しく叩いてあやす。

「甘いものが好きで黙々とお菓子を食べているところとか、実はあまりお酒が強くないところとか、自分のことより生徒を優先させるところとか、生真面目で絶対仕事に手を抜かないところとか」

いいなぁ、と思ったんです、と梓馬は穏やかな声で告げる。

たったそれしきの言葉で、梓馬の胸を押す双葉の手から力が抜ける。どうせ本気じゃないと思うのに、でももしかしたら、と思わせてしまう甘さが梓馬の声には潜んでいる。

「それから、俺があげた飴の包みを大事に持っているところとか」

耳の裏で囁く梓馬の声に悪戯めいたものが混ざった。深く考えもせずその言葉を聞き流しそうになった双葉は、次の瞬間全身を硬直させた。

自分の背後、梓馬の視線の先にあるチェストの上には、苺柄の包み紙が置きっぱなしになっているはずだ。

見られた、と思ったら全身の血が沸騰した。相手からもらったゴミみたいなものを後生大事に持っているなんて女子高生じゃあるまいし。強面でいい年をした男の自分がそんな行為をしているなんて一番知られたくなかった。羞恥に耐えきれず梓馬の腕から逃れようとするが、それを見越した梓馬に前より強い力で抱き込まれてしまってそれも叶《かな》わない。自分の気持ちなんて最初から梓馬に筒抜けだったんじゃないかと、双葉は悔しまぎれに叫んだ。

「わ……っ、悪かったな！　柄じゃなくて！」

「いいえ、悪くないです。全然。むしろそうやって照れて暴れるところが可愛いんです」

グッと双葉は言葉を詰まらせる。質の悪い冗談だ、と言い返そうとするが声が出ない。冗談にしては梓馬の声が甘すぎて、駄目だと思うのに疑う気力がメタメタと萎《な》えてしまう。さらに追い打ちをかけるように、一転して真摯な声音で梓馬は言った。

「外見からは想像もつかなかった部分をひとつひとつ見つけるたびに、嬉しくて仕方がなかったんです。この人のこんな部分を知っているのは自分だけかもしれないと思うと妙に胸が騒いで、もっと知りたいと思ったし、俺だけのものにしたいと思いました」

双葉を抱く梓馬の腕が緩んで、ゆっくりと互いの体が離れる。梓馬はこれまで見てきた中で一番真剣な面持ちで双葉を見下ろし、迷いのない声で言った。

「思いがけない部分を知るたびにどんどん夢中になって、気がついたら面白半分でもなんでもなくて、本気で好きになってました」

演技とは思えない眼差しで切々と訴えられ、双葉は両目を見開き声も出せずに顔を伏せる。面と向かって梓馬の話なんて聞いていられない。赤面して黙り込むと、今度は体の脇に投げ出していた両手を梓馬にとられて肩先が跳ね上がった。

「ひどいきっかけだったのは認めます。自分が人間的に難があるのもわかってます。でも好きなんです。これだけは本当なんです。……だから、信じてもらえませんか」

両手をひとつにまとめられ、胸の辺りまで持ち上げられて強く握り締められる。

梓馬の声は必死だ。必死で自分に好きだと繰り返す。

色事師のありふれた手だと思うのに、悔しいことに、双葉は陥落寸前だった。

嘘だろうとなんだろうと、好きな相手から好きだと言われるのはとんでもない破壊力がある。梓馬が自分なんて相手にするわけがないと思いつつ、両手を握り締める指の強さにあっという間にほだされる。

（ああ、もう――……）

梓馬に両手をとられたまま、双葉は強く目を閉じた。

土台自分は、こうしてすがりついてくる相手を無下に捨て置くことなどできない。後で自分が大変な目に遭うことはわかっていても手を差し伸べてしまう。

そうでなくとも相手は梓馬だ。きっと好きになったのは自分の方が先だった。そんな相手に好きだと言われ、信じて欲しいと乞うような目を向けられて、どうして突き放すことができるだろう。

双葉は薄く目を開ける。

視界に光が射し込む直前、いつか姉に言われた『アンタ人が好すぎんのよ』という呆れた声と、『アンタは情に厚すぎるからいつか詐欺にでも引っかからないか心配で』とこぼす母の心配顔が浮かんだが、それらすべてを振り払ってしっかりと目を開けた。

騙されてもいい、と思った。その後で泣きを見る目に遭っても構わない。そう決断したのは自分だし、その後の結果もすべて引き受ける覚悟で双葉は梓馬と視線を合わせた。

グッと相手を見上げる目は、もしかすると睨みつけているように見えたかもしれない。強い意志が宿る眉根には皺が寄って、いつも以上に悪い人相になっていた可能性もある。

けれど梓馬は目を逸らさなかった。双葉の手を両手で握り締めたまま、視線も揺らさず双葉の言葉を待っている。

それだけで十分だと思った。家族以外で自分の視線をまともに受け止めたのはきっと梓馬が最初だ。だから。

「信じる」

騙されてやる、とは言わず、信じる、と双葉は口にした。

でもやっぱり続く言葉は相手の目を見ては言えず、双葉はぎゅうぎゅうと眉を寄せてそっぽを向くと、ひどくぶっきらぼうな口調で告げた。

「……俺も、お前のこと好きだ」

次の瞬間梓馬が嘘みたいに悪い顔で笑って「騙されましたね」なんて言ったとしてもいいと思った。それでもどうしようもなく、梓馬の言葉を信じたかった。

けれど、しばらく待っても梓馬からの反応はない。

もしかするとあまりに不穏な声になってしまったから自分の言葉こそ嘘みたいに響いたのかもしれない。不安になって恐る恐る梓馬に視線を戻すと、梓馬は大きく目を見開いてこちらを見ていた。凝視していたと言ってもいい。

驚愕の表情に双葉は目を瞬かせる。自分が梓馬のことを好きだなんてことは端から梓馬もわかっていたはずなのに、驚かれる理由がよくわからない。

梓馬、と名前を呼ぶとようやく梓馬は我に返った顔で瞬きをして、その表情が見る間に歪んだ。眉間に皺が寄って、眉尻が下がって、うっすらと開いた唇の奥で歯を噛み締めているのが見える。

どこかで見たことのある顔だと思った。春先によく見かける。望みの薄いと思っていた志望大学に受かったと報告に来る教え子の顔に似ている。

——……歓喜の表情だ、と気づいたときには、もう一度梓馬に抱き竦められていた。

「お、おい……！」

ギリギリと音がしそうなくらい強く抱きしめられ、双葉はうろたえた声を上げる。痛いくらいのその力に何事かと目を白黒させていると、耳元で乱れた息遣いが聞こえた。

「……おい、梓馬？」

名前を呼んでみるが返事がない。頬を押しつけた肩が震えているようで、双葉は慌てて梓馬の背中を叩いた。

「お前まさか、泣いてるんじゃないだろうな？」

全国模試で判定結果が圏外だった生徒が受験に成功したときならいざ知らず、梓馬にとっては最初から勝ち目が見えていただろう勝負に順当に勝っただけで泣くほど喜ぶなんて信じられずあたふたと背中を撫でてやると、肩口で梓馬が小さく笑った。

「……先生、笑わないでくださいね」

梓馬の背中に手を当てて双葉が頷くと、梓馬は潜めた声で囁いた。

「本気で誰かに告白したの、生まれて初めてだったんです。だから、凄く緊張しました」

しばし無言でその言葉の意味を考え、む、と双葉は眉を互い違いにする。ということは、これまでの梓馬は相手から告白を受けるばかりだったということか。

（……生きてる世界が違うな）

微妙に格の違いを見せつけられた気分で双葉は思う。梓馬が告白はおろか、恋をすることすら初めてだなんて双葉には知る由もない。

それでも、生まれて初めて告白した相手が自分だったと知って悪い気などするわけもなく、単なるリップサービスかもしれないとは思いつつ双葉は唇の端に笑みを浮かべた。

しばらくして双葉を抱きしめていた腕を緩めた梓馬は、少し面映《おもは》ゆそうな表情で双葉の顔を覗き込み、こんなことを尋ねてきた。

「……キスをしてもいいですか？」

長い指先がおずおずと双葉の前髪を横に払う。いつも自信に満ちた顔で笑っている梓馬からは想像もつかない仕種に、双葉は胸をどきつかせながら目を逸らした。

「……お前はそんなこと訊く前に問答無用で押し倒すタイプかと思ってた」

照れを押し殺した声は自分の耳にすら恐ろしく不機嫌に響いたが、梓馬は穏やかに笑って双葉に顔を近づけてくる。頰に触れる指先はどこか遠慮がちで、でも離れるのを厭うようにぴたりと寄り添って、温かい。

互いの唇が触れる直前、梓馬が優しい声で囁いた。

「キャラじゃないですか？」

唇に吐息がかかる。

少しな、と返した言葉は声にならず、梓馬の温かな唇の間に沈み込んで消えてしまった。

三か月目の憂鬱

最近ようやく夏の日差しが弱まってきた。夏休みが明けた直後は暑くていられたものではなかったLL教室の準備室も、微《かす》かながら夕方には窓から涼しい風が吹き込んでくる。居心地《いごこち》は悪いが冷房の効いている職員室で仕事をするか、集中力を削《そ》ぐほど蒸し暑いが人目の気にならない準備室で仕事をするかという悩ましい問題から解放された双葉《ふたば》は、準備室で軽快にペンを走らせる。

大判の手帳をめくり、あと一週間もすれば九月も終わるのかと思うと何やら溜息《ためいき》が漏れた。今年も残すところあと三ヶ月。最近やたらと一年が過ぎるのが早い。

新年度が始まってから半年。あっという間だったと思う。特にここ三ヶ月は。

（……いや、早かったんだか、遅かったんだか……）

一週間、二週間、と指折り数えてカレンダーを辿《たど》っていたような、でもやっぱり瞬《また》く間に今日まできてしまったような。

何事もなく三ヶ月。だが巷《ちまた》では、三ヶ月目が一番危ないとも聞く。

親指から中指まで折った状態で双葉が物思いに耽《ふけ》っていると、準備室の扉が外から軽く叩《たた》かれた。我に返って時計を見上げると時刻は夜の八時近い。こんな時間に訪れるのは生徒ではないだろうと予想しつつ返事をすると、案の定扉の向こうから梓馬《あずま》が顔を覗《のぞ》かせた。

もう夜も遅いというのにまだピシリと張りの残るシャツを着た梓馬は、疲れた顔ひとつ見せずに扉の外でニコリと笑う。どうぞ、と一声かけるとようやく室内に入ってきた。

「遅くまでお疲れ様です。まだしばらく帰らないんですか？」

長机の上に散らばった資料をちらりと見て尋ねてくる梓馬に、双葉は緩慢な首肯を返した。

先日ようやく文化祭が終わったと思ったら息をつく間もなく体育祭だ。それが終われば中間試験。さらに二年生には修学旅行という大イベントも控えている。実行計画書だの結果報告書だの、作らなければいけない書類は山積みだった。

「俺も何か手伝いましょうか？」

「いや、いい。お前に渡せる分の仕事はもう渡してある。そっちこそ順調か？」

はい、と微笑《ほほえ》む梓馬の顔には焦りの影すら漂っていない。相変わらず、今年からこの仕事に就いたとは思えないくらい、梓馬の仕事ぶりにはそつがない。

自分が新任の頃はどうだったかな、とぼんやり記憶を手繰っていると、広げていた手帳の横にそっと小さな包みが置かれた。梓馬の手の下から現れたのは、透明なフィルムに包まれた月餅《げっぺい》だ。

傍らに立つ梓馬を見上げると、梓馬は微苦笑を浮かべて肩を竦《すく》めた。

「この前の三連休、石田《いしだ》先生旅行に行ってきたらしいですよ。これ、お土産《みやげ》にもらったので、よろしければどうぞ」

「ああ、悪いな」

梓馬は甘いものが苦手だ。だから職員室で甘いものが出回ると必ず双葉の元へやってくる。自分は食べないのでお裾分《すそわ》け、ということらしい。反対に双葉は甘いものが好物なので、梓馬からの菓子はすべてありがたく受け取っている。

早速双葉が月餅の包みを剝《む》き始めると、梓馬はごく当たり前に向かいの席に腰を下ろした。梓馬は双葉が菓子を食べる間、終始楽し気にその様を見ている。いつものことだ。

餡《あん》がぎっしりと詰まった月餅を水も飲まずに黙々と咀嚼《そしやく》していると、机に肘《ひじ》をついた梓馬が軽く驚きの混ざる視線を向けてきた。

「甘くないですか」

「甘い」

「胸焼けしませんか」

「別に」

会話は短い。主に自分がぶつ切りの返事しか返せないのが原因だ。それでも梓馬はめげずに短いサイクルの会話を続ける。そういう姿を見るにつけ、この男は優し気に見えて実は意外と根性があるのではないかと密《ひそ》かに思わずにいられない。

直《じか》に持つと油で指先が汚れるので包みから半身を覗かせた状態で月餅を食べ続けていると、梓馬が満面の笑みを浮かべていていることに気がついた。なんだ、と眉《まゆ》を顰《ひそ》めた表情だけで問いかけると笑い混じりの返事をされる。

「いえ、両手でお菓子を持って黙々と食べている姿が、リスみたいで可愛《かわい》いなぁ、と」

言われて初めて自分が両手で月餅を持っていたことに気づいた双葉は、リスに例えられたことより可愛いと言われたことにしばし思考が停止する。

時間差で耳が赤くなった。慌てて片手を下ろして残りの月餅をすべて口に押し込む。梓馬は笑いながらも、わりと本気で惜しそうな顔をする。

「……職場で妙なことを言うな」

無理やり喉《のど》を上下させて低い声で凄《すご》む双葉に梓馬は従順に頷くものの、まったく悪びれた様子がないので多分今後も同じようなことを言ってくるだろう。

梓馬は双葉に向かってよく「可愛い」と言う。双葉の家に二人でいるときはもちろん、職場でも居酒屋でも、一応周りに視線がないことを確認してはいるようだが、とにかく平気で恥ずかしいことを口にする。

世界で一番、可愛いなんて言葉が似合わないと自覚する双葉はそのたびに「お前の目はどうなってるんだ」と顔を顰《しか》めてみせるのだが、梓馬は笑って同じ言葉を繰り返すばかりだ。可愛いですよ、と、一度目より甘い声で、目元を緩ませて。

そういうときの梓馬は普段職場で見せるのとはまったく違う甘やかな顔をしていて、見ている方が照れ臭い。

今も梓馬の顔を正面から見ていられず、双葉は手の中で丸めた包みに視線を落とした。

「……ありがとう。美味《うま》かった」

「こちらこそ、いつも甘いものを引き受けてくれてありがとうございます」

こもりがちな自分の声とは対照的な歯切れのいい返事をして、ごく自然な仕種《しぐさ》で梓馬が腕を伸ばしてくる。警戒するのも忘れてその手の行方を目で追っていたら、梓馬の指先に口元を拭われた。餡がついていたらしい。

礼を言おうと口を開きかけたら、親指で拭った餡を梓馬がぱくりと自らの口に含んだ。

双葉は半端に口を開けたまま動きを止める。梓馬と自分の一連の行動を客観的に頭の中で再生して、ふと思う。

男同士でそれをやるのは、変じゃないか。

自覚するや否や双葉は音を立てて椅子《いす》から腰を浮かせた。無論、顔は真っ赤だ。

「梓馬……！　お前な、だから職場だって言ってるだろうが！」

「これくらい普通ですよ、口で取らなかっただけマシでしょう？」

「口って……」

想像しただけで言葉を失ってしまった双葉を見上げ、梓馬は本当に楽しそうに笑っている。

可愛いなぁ、と、声にしないまでもその表情が語っていて、それがまた双葉の羞恥《しゅうち》を煽《あお》る。

「仕事が終わったんなら帰れ！」

照れ隠しの言葉はいつだって可愛気の欠片《かけら》もない。それでも梓馬は何もかもわかった顔で頷いて笑顔のまま立ち上がる。

「それじゃあ、お先に失礼します」

「……おう」

部屋の入口に立ち、また明日、と穏やかな声をかけて梓馬は廊下に出ていく。

この瞬間、いつも双葉の胸の内側にはたくさんの言葉がわだかまる。また明日、とか、気をつけて帰れよ、とか、わざわざ顔を出してくれてありがとう、とか。

――あと少しで仕事が一段落するから、もう少しだけここにいてくれないか、とか。

けれど結局どの言葉も口に出されることはなく、静かに準備室の扉は閉まる。

遠ざかっていく梓馬の足音に耳を傾け、双葉にできるのは密やかな溜息をつくことだけだ。


梓馬に好きだと告げられてから、三ヶ月が経《た》った。

その言葉を信じてつき合うに至った双葉だが、正直いつまで持つかと不安な気持ちは拭えずにいた。いっそつき合うとなった翌日に「なかったことにしましょう」と言われる覚悟すらしていたのだが、なんだかんだと三ヶ月だ。その間、当初危惧《きぐ》したように梓馬の態度が急変することもなければ、ゆっくりと離れていくこともなかった。むしろ向けられる愛情が深まっているように感じるのは、いかんせん自惚《うぬぼ》れなのかもしれないが。

（……自惚れだろうな）

風呂《ふろ》上がり、洗面台の前に立った双葉は鏡に映る自分を見てつくづく思う。何も考えていなくてもへの字になる口に剣呑《けんのん》な目、眉間《みけん》に寄った薄い皺《しわ》。平凡な顔立ちがいつも不機嫌に顰められているのだから、お世辞にも見目がいいとは言い難い。

人好きされる容姿でないことは百も承知だ。だからこそ、すっきりと顔立ちの整った梓馬が自分を見て可愛いだのなんだの言う心境がわからない。

溜息をついて洗面所を出た双葉は、リビング兼寝室に戻るとローテーブルの上に出しっぱなしにしていたノートパソコンの電源を入れた。パソコンが立ち上がるまでの束《つか》の間《ま》、双葉はもう一度口の中で三ヶ月、と呟《つぶや》く。

つき合い始めて三日、三週間、三ヶ月が別れ話に発展しやすい時期なのだと常識のように語っていたのは姉だったか。自分には関係のない話だと思いつつその内容を覚えていた双葉は、この三ヶ月間そうした節々をかなりハラハラと過ごす羽目になった。

もしかすると梓馬は、今までつき合ったことのないタイプの自分が物珍しくて好きだと思い込んでいただけかもしれない。三日はさすがに早すぎるにしても、三週間も一緒にいればその勘違いに気がついて別れ話を持ち出してくるのではないか。三週間が過ぎた直後の土曜、そんな不安にとらわれながら梓馬を自宅に招いて夕食を共にしたのを思い出す。

実際には双葉が危惧したような出来事は何も起こらず、それどころか思いがけずつき合いだしてから初めて梓馬が部屋に泊まっていった日になったのだが。

思い出して双葉はひとり頰《ほお》を赤らめる。あれ以降も梓馬はたびたび双葉の部屋に泊まるが、やはり初めて肌を合わせた日は記憶に鮮明だ。薄暗い部屋の中で服を脱ぐのも覚束《おぼつか》なかった。互いの素肌が触れ合っただけで息が止まりそうだった。緊張のあまり、あの夜はほとんど言葉も発せなかった気がする。

ガチガチに緊張した双葉を、梓馬は丁寧に扱った。少しでも緊張をほぐそうと優しい言葉をかけ、何度も名前を呼んで、強張《こわば》った体の至るところにキスをしてくれた。実際のところ最初の夜は、互いに服を脱いで抱き合っていただけに近い。

我ながら、よくつき合いきれたな、と双葉は思う。面倒臭いと放り出されてしまっても文句は言えない状況だったのに。

（……しかも、未《いま》だにだからな……）

いつの間にかすっかり立ち上がっていたパソコンの画面を眺め、双葉はのろのろとマウスに手を伸ばした。

世の人が聞いたらどう思うのだろう。三ヶ月もつき合い続けているというのに、双葉は未だに梓馬と最後までしたことがない。

これまで誰かとつき合った経験のない双葉には、三ヶ月という期間が長いのか短いのかもよくわからない。三ヶ月くらい様子を見るのは妥当なのか、それとも三ヶ月も相手を待たせ続けるのは酷なのか。

（――……いや、待たせてるっていうか……。待たせて……？）

パソコンを見詰《みつ》め、双葉は難しい顔で首をひねる。

体を重ねるときの主導権は常に梓馬にある。双葉はろくに動けないので自然とそうなる。だから梓馬が最後までやってしまおうと思えば可能なはずだ。双葉にはまともに抵抗するだけの余裕もないのだから。

それなのに、梓馬は自分の欲望を双葉に押しつけてこようとしない。

最初はむしろホッとした。だが、二回、三回と回を重ねるうちにさすがの双葉も不安になる。経験豊富に違いない梓馬は、互いの体を触り合うだけで満足しているのだろうか。

その先の行為がある、ということくらいは双葉も知っている。インターネットで調べたりもした。今もパソコンの画面には、思わず目を背けたくなるようなエグイ画像が映し出されている。

初めて見たときは自分がこんなことをするのかと青褪《あおざ》めた双葉だが、さすがに三ヶ月もあれば腹も決まった。それなのに、梓馬はやはり最後までしない。

（……俺が女役なのは間違いないんだろうに）

カチカチとマウスをクリックしながら双葉はテーブルに頬杖《ほおづえ》をつく。単純にベッドの上での主導権が梓馬にあるからというばかりでなく、すでに何度となく指で後ろをほぐされているからだ。

初めてその場所に指を這《は》わされたときは度肝を抜かれたが、梓馬は決して先を急がなかった。まずは触れることから始めて、ゆっくりと入口をほぐし、指一本入れるまでにどれだけ時間がかかっただろう。

途中、大丈夫ですかと何度も声をかけられた。辛《つら》かったら言ってください、絶対に無理はしないでくださいと再三声をかけられ、双葉が少しでも身を強張らせればすぐに指は離れた。おかげで怖いと思うことは少なく、むしろ梓馬に驚くほど気遣われたり甘やかされたりすることにじわじわと胸が熱くなり、今やすっかり梓馬の指に慣らされてしまった。

双葉はパソコンの画面を見るのも忘れて深く俯《うつむ》く。

前回梓馬が部屋に泊まっていったときの醜態を否応もなく思い出した。あんな場所に強烈な性感帯があるなんて知らなかった。後ろを嬲《なぶ》られただけで達してしまう日がこようとは夢にも思っていなかった。

暗がりで後ろから貫かれ、何本指が入っていたのかも定かでない。淫《みだ》らで熱いものが腰の奥からにじみ出すあの感覚をなんと言葉にしたものか。擦《こす》り上げられる刺激に全身が痺《しび》れて声も出ず、後ろから梓馬に耳を食《は》まれて震えに拍車がかかった。

『ほら、わかりますか』

暗がりの中で、梓馬の声は低く掠《かす》れていた。抑え込んだ欲望が耳を通して伝わってくるようで歯の根も合わない。唇が移動して首筋を辿る。無自覚に体が梓馬の指を締めつける。

『最初は凄く痛がってたのに、こんなに奥まで――……』

梓馬らしからぬ卑猥《ひわい》な言葉に耳が焼き切れそうになる。ローションでたっぷりと濡《ぬ》れた指がぐるりと回されるのと首筋に舌を這わされるのはほとんど同時で、堪《こら》えようがなかった。

その瞬間の自分の感極まった声まで耳の奥で蘇《よみがえ》り、双葉はガバリと顔を上げる。そんなことまで克明に思い出す必要はないと、赤くなった頬を勢いよく両手で扇いだ。

そうではなくて、双葉が引っかかっているのはその後の会話だ。

いつもなら最後は梓馬と互いの性器を擦り合って終わりを迎えるのだが、その日は一方的に自分だけ達してしまい、双葉は決まり悪く背後にいた梓馬を振り返った。

お前は……？　と尋ねる声は、きっと心許《こころもと》なく震えていたと思う。いよいよこの先に進むのではないかと半ば覚悟もしていたのだが、梓馬の反応は予想とは違った。

『もう少し、ゆっくりいきましょう。焦るようなことでもないんですから』

あのときの、ホッとしたようながっかりしたような気持ちはなんだろう。自分でも上手く言葉にできない感情は、けれどきっちり表情に出ていたようで、いち早くそれに気づいた梓馬は困ったような顔で笑って双葉の頬に唇を押し当ててきた。

『だって先生、まだ完全には俺のことを信じてないでしょう……？』

囁《ささや》かれた言葉に、自分は一体どんな顔をしたのだろう。梓馬は返事を待たず、後ろから強く双葉を抱きしめた。

『ちゃんと信じてもらえるまで、幾らでも待ちますよ』

言葉には少しも迷いや淀《よど》みがなく、恐らくあれが偽りのない梓馬の本心なのだろう。背中を預けた広い胸や、抱きしめてくる力強い腕からも直接それは伝わってくるようだった。

パソコンの前で膝《ひざ》を抱えた双葉は、唇からゆるゆると息を吐く。

(信じられない……か)

確かに双葉は信じられない。

梓馬のような男が自分を選んだことも、三ヶ月もの間つき合いが続いたことも。本当は最初から最後まで全部梓馬の悪ふざけだった、という結末も頭から追い払うことができない。けれど、それは梓馬のことが何もかも信じられないというのとは違う気がする。信じられないのは事実だが、そういうことではなくて。

(……なんて言ったらいいんだ)

上手い言葉が思い浮かばず、双葉は胸に強く膝を引き寄せる。梓馬に胸の内を伝えたいと思うのに、まず他人に自分の想《おも》いを伝えること自体慣れていないので難しい。

受け身すぎるのはよくないのもわかっている。伝えなければと思うのに、焦《じ》れる気持ちばかりが積み重なる。

(今度は……、今度こそ、俺から――……)

考えるだけで足の裏が床から浮き上がりそうだ。膝を抱えたまま、双葉はごろりと床に転がり込んだ。

純情な悩みを抱える双葉の想いなどどこ吹く風で、パソコンの画面には卑猥な映像が映し出され続けている。

＊＊＊

恋に夢中になる人間は可哀相《かわいそう》だ、と梓馬はずっと思っていた。あんなにも周囲の状況が目に入らなくなって、正常な判断も下せなくなって、たったひとりの一挙一動に感情のすべてを持っていかれてしまうなんて。

半ば憐れみの視線すら向けていた自分を、今はこんなにも遠く感じる。

実際のところ、落ちてしまえば思いの外幸福な気分だ。たったひとりに夢中になるのは、まったくもって悪くない。

職員室で小テストの採点をしながら、梓馬は機嫌よく赤ペンを動かす。これが終わったら双葉に一声かけてから帰るつもりだ。今日も今日とて、双葉は準備室で仕事をしている。双葉に会いに行けると思えば仕事もはかどる自分の単純さに、さすがに苦笑を禁じ得ない。

「あれー、梓馬先生ニコニコしちゃって、何かいいことありました？」

うっかり表情に出ていたらしい。慌てて口元を引き締めると、傍らに二年の担任をしている社会科の女性教諭が立っていた。

「今日は金曜日だから、もしかしてこの後彼女とデートとか?」

親子ほども年の離れた相手は気楽にこの手の話題を振ってくる。まさか、と軽く受け流すと、わかったもんじゃないわね、と豪快に笑い飛ばされた。

「こんな時間まで仕事してたらお腹空《なかす》くでしょ。梓馬先生、甘いお煎餅《せんべい》としょっぱいお煎餅、どっちがいい?」

個包装された二枚の煎餅を指の間に挟んでかざしてくる相手に、梓馬はとっさに「しょっぱい方で」と答えた。一見したところ甘い煎餅には全体にザラメが振られていて、もう一方の煎餅には黒ゴマが練り込まれているようだ。

女性教諭は梓馬に黒ゴマの煎餅を渡すと、隣の双葉の机にも同じくゴマの煎餅を置いた。ごく当たり前に甘くない煎餅を双葉の机に置くその姿に、やっぱり定着したイメージはそう簡単に覆《くつがえ》らないのだな、と梓馬は思う。折に触れ梓馬は、双葉は甘いものが好きなのだと周囲の教員に漏らしているのだが、なかなかその事実は浸透しない。無人の双葉の机には、塩気のきつい菓子ばかりが積み重なっていく。

双葉にとっては災難だ。反面、双葉の意外な一面を自分だけが知っているという優越感も拭いきれない。罪滅ぼしというほどでもないが、梓馬は踵《きびす》を返しかけた社会科の教師を呼び止め、自分の煎餅を甘い方と交換してくれるよう願い出た。

「机の上に置いてあったの、持ってきましたよ」

ＬＬ教室の準備室で書き物をしていた双葉の前に煎餅を置くと、双葉は横目でそれを見て、一瞬おや、と目を瞠《みは》った。

梓馬は双葉の向かいの席に座り、自分は黒ゴマの煎餅を取り出す。何食わぬ顔で封を開けて煎餅を食べ始めると、双葉も合点のいった顔で袋を開けた。

「……お前、自分の煎餅と俺の交換しただろ」

あっさりと見抜かれてしまった。言い繕っても仕方がないので肩を竦めると、双葉はザラメのかかった煎餅をバリバリと食べながら鼻から大きな息を吐いた。

「甘いものとしょっぱいもの配ってると、俺だけ問答無用でしょっぱいもん渡されるんだよな。チョコレートとかクッキーは絶対回ってこないんだよ。……まぁ、いいけど」

諦《あきら》めた口調でありながら双葉の顔はどこか残念そうで微笑ましい。つい煎餅を食べるのも忘れてニコニコと双葉の顔を見詰めていると、視線に気づいたのか双葉は眉根を寄せて顔を伏せてしまった。他人の目には不機嫌に俯いただけにしか見えないだろうが、梓馬の目はそこに浮かぶ戸惑いや恥じらいをしっかりと捉《とら》える。

そういう顔をされると細い顎《あご》に指をかけて無理やり上向かせてしまいたくなるのだけれど、

と胸の内でだけ呟いて、梓馬は密やかに目を細めた。

世の中の酸いも甘いもあまさず嚙《か》み分けた風情の双葉は、その実とても晩生《おくて》で純情だ。想いが通じてから初めてキスをしたときも緊張のためか唇や肩が微かに震えていて、それがたまらなく愛《いと》おしかった。胸の深いところで熟れた果実が爆《は》ぜた気分で、あの瞬間から今までずっと、梓馬の胸には甘い気配が充満している。薄れてくれる気配もない。

「……煎餅、食わないのか」

いつまでも離れない梓馬の視線が気になったのか、双葉がぼそぼそと尋ねてくる。これ以上見詰め続けると部屋から追い出されかねないので、梓馬も大人しく煎餅に視線を落とす。

と思ったら、今度は双葉の方が物言いた気な視線をこちらに向けてきた。

どうしました、と問い返すつもりで目を向けると、双葉の唇が微かに動いた。何か言いたいことがあるのだろう。それも多分、本人にとっては柄じゃないと思うようなことが。

煎餅を咀嚼する間しばらく待ってみたが、なかなか双葉は言葉を発しない。ためらいがちな表情を見ているうちに、むくむくと悪戯《いたずら》心が湧《わ》いてきた。

梓馬はやおら立ち上がると丸椅子を持って長机を回り、双葉の隣に腰を下ろした。互いの膝がぶつかるくらい近くに座ってやると、あからさまに双葉の肩先が緊張した。

「なんでしょう?」

机に肘をつき、何か言いたいことがあるのだろうと笑って促してもなお双葉は迷う素振りで視線を揺らす。仕事の指示を出すときは非常に簡潔でキレがあるくせに、プライベートなこととなると一転して口が重い。

すっかり日も落ちた校内は生徒の声も聞こえず、半地下にあるＬＬ教室は特に静かだ。こんな場所に双葉と二人きりでその口元を眺めているとよからぬ気分に陥りそうで、梓馬はわざと声を潜めた。

「黙ってるとキスしますよ？」

内心の迷いを表すように揺らめいていた双葉の目の動きが止まる。と思ったら、ひどく上ずった声で怒鳴りつけられた。

「お前……っ、ここは職場だって何度言ったら……！」

「だったら早く言ってくださいよ、気になるじゃないですか」

双葉の動揺振りがおかしくて笑いを噛み殺しながら促すと、またしても双葉の口が閉まりかけた。それを見越して梓馬は笑顔で追い打ちをかける。

「俺の方は冗談のつもりで言ってませんからね？」

半ば脅しに近い台詞《せりふ》に双葉の顔色がサッと変わった。本当は冗談です、と訂正する間もなく、双葉は追い立てられるように口を開いた。

「今日……っ、この後、何か予定入ってるか！」

想定していなかった質問に、梓馬はぱちりと目を瞬《まばた》かせた。

双葉は肩を寄せ、寒くもないだろうに落ち着かな気に二の腕をさする。

「その……よかったら、夕飯でも、一緒に……」

語尾がどんどん小さくなって、最後はほとんど聞き取れなかった。それでも双葉に夕食に誘われたことだけは確かにわかって、梓馬はすっかり声を失う。

これまでは双葉を食事に誘ったり休日に外に連れ出したりするのはいつも梓馬の役目で、双葉から声をかけられることは滅多になかった。唯一の例外は鍋《なべ》に誘われたときくらいだが、あれだって野菜の処理に困ってやむなく近くにいた自分に声をかけただけとしか思えない。

外に出るのが苦手なわけではないらしく、むしろ誘われれば仏頂面の下でいそいそと準備をする姿が可愛かったりもするのだが、一度くらい双葉の方から誘ってくれないものかと思っていたのもまた事実。その願いが叶《かな》って嬉《うれ》しくないわけもないのだが。

（よりにもよって今日か……！）

梓馬は無意識に両手で頭を抱える。本来なら一も二もなく頷きたいところだが、今日に限って先約がある。しかも相手は、約束を反故《ほご》にすると後々面倒な目に遭うのが避けられない人物だ。

さりとて双葉からの誘いを断るのはあまりに惜しく、先約の相手に断りのメールを送ろうかと本気で悩み始めたところで、双葉の平坦な声が梓馬の思考を止めた。

「何か予定でも入ってたか？」

そう尋ねたときにはもう双葉はこちらを見ておらず、手元の資料に目を移していた。

一瞬の沈黙を肯定と捉えたのか、それとも梓馬の返事が待ちきれなかったのか、双葉はこちらを見ないままぽつりと言った。

「なら、次の機会でいい」

夕食に誘うときとは打って変わって淡々としたその口調に、梓馬は眉を顰める。

どういうわけか、双葉は落ち込んでいるときほど冷静な態度をとりたがる。もしかすると何か行動を起こすときは最悪の状況を想定してからでないと動き出せないのかもしれない。だから自分の期待した結果にならなくても取り乱さない。やっぱり、とばかり静かに現状を受け入れる。冷静というより、諦めの境地といったところか。

(自分の誘いなんて拒絶されても仕方がない、とでも思ってるんだろうな……)

双葉の横顔にはなんの表情も浮かんでいないが、きっと内心ひどくがっかりしている。いつにも増して青白い頬からそれくらい察せられる程度には、この三ヶ月間梓馬は双葉を間近で見てきた。

梓馬は背筋を伸ばすと、体ごと双葉の方に向けた。

「実は、今日は友人と食事に行く約束をしているんです」

「そうか。じゃあ遅れないうちに——……」

「だから、夕食の後に会えませんか」

書類の上を漂っていた双葉の視線が止まる。その横顔に、梓馬は熱心に声をかける。

「なるべく遅くならないように帰ってきますから。その後部屋に行ってもいいですか?」

少しだけ俯いたのか、双葉の頬にさらりと前髪がかかる。表情が見えにくくなったが、その分髪に隠れがちな耳元が露《あら》わになった。

「……別に、わざわざ早く切り上げなくても……遅い分には、構わない」

「じゃあ、部屋にお邪魔させてもらっても?」

うん、とこちらを見ないまま双葉が頷く。

その赤く色づいた耳朶を口に含んで歯を立ててやりたい衝動をやり過ごし、梓馬は立ち上がりざま双葉の耳元で、約束ですよ、と囁いた。


中華が食べたい、と乞《こ》われて約束の店へ行ってみれば、一人のはずの待ち人がなぜか二人に増えていた。

「だあって、美味《おい》しいものは皆で食べた方が楽しいじゃなーい?」

小龍包《しょうろんぽう》だの焼売《シューマイ》だのエビチリだの春巻きだのさんざん食べたマチが間延びした声を上げる。ジーンズに濃い紫のネルシャツ、ついでに梓馬とためを張る長身のマチが女性言葉を使うと、嫌でも梓馬たちの席に店内の視線が集中する。そのマチの隣には、眼鏡《めがね》をかけてスーツを着た小柄な男性が座っていて、申し訳なさそうに肩を竦めた。

「すみません、僕はてっきりマチに食事に誘われたとばっかり思って……。まさか梓馬君がおごってくれるなんて知らなかったものですから……」

僕の分は自分で支払いますから、と申し出たサラリーマン風の男は小宮山《こみやま》という。梓馬やマチより年上のはずだが、小柄なせいか童顔なせいか、とても年上には見えない。

本気で財布を取り出した小宮山に、いいですよ、と梓馬は苦笑する。こんなにも常識的な男が傍若無人なマチと恋人同士というのだから、人の好みはよくわからない。

マチは食後に出された温かなジャスミン茶を啜《すす》りながら、そうよぉ、とさも当然のように頷いた。

「初恋で悩んでる梓馬の相談に乗ってあげたんだから。しかも上手いこといったんでしょ？これくらいおごってもらわないと、全部アタシのおかげなんだから」

「確かに何も間違ってないけどな、自分で言うとありがたみが半減するぞ」

げんなりした表情ながらマチの言葉を否定しない梓馬に小宮山が目を丸くする。口にされずとも言いたいことはわかる。さんざん遊んできた自分が初恋なんて、似合わないのは重々承知だ。

「それより、そろそろ出ないか」

「あら、この後例の恋人と会う約束でもしてるわけ？」

無駄に勘の鋭いマチに、「お前の声が大きすぎて周りの視線が痛いんだ」と嘘《うそ》と本音の入り混じった悪態をついて梓馬は三人分の会計を済ませた。小宮山は最後まで恐縮していたが流れ上仕方がない。

それに、これは絶対本人に聞かせるつもりはないが、梓馬はマチに感謝している。双葉の気持ちが見えなくなって気弱にもすべて諦めてしまおうとした梓馬の背中を押してくれたのはマチだ。その理由が面白半分だろうとなんだろうと、おかげで梓馬は双葉と想いを通わせることができた。恋人と二人分の食事代くらい安いものだ。

店を出て三人で最寄《もよ》りの駅へ向かう途中、梓馬はジャケットの胸ポケットから携帯電話を取り出した。マチたちの後ろを歩きながら、今からそちらへ向かうと双葉にメールを送る。

「あらー、やっぱりこの後予定あるの？」

顔を上げると、前を歩いていたマチがいつの間にか振り返ってこちらを見ていた。違う、と返したが信じたかどうか。隣で小宮山が控え目にマチを大人しくさせようとしてくれているのがありがたい。

梓馬とマチたちの向かう先は反対方面だ。ホームに立つと逆方向へ向かう電車が右と左からほとんど同時に滑り込んできて、梓馬は軽く手を上げる。

「じゃあ、そのうちまたな」

「うわぁ、おざなりー。絶対また会おうなんて思ってないでしょ！」

「マチ、それよりお礼。梓馬君、今日は本当にご馳走《ちそう》様でした」

よく恋人同士でいられるものだと思うほど正反対のコメントを残し、二人が電車に乗り込んでいく。梓馬もマチたちが乗るのとは反対方向の電車に足を踏み入れると、タイミングを計ったかのようにジャケットの内側で携帯が震えた。双葉からメールだ。

『駅まで迎えに行く』と、たった一行だけのメールを見て梓馬が目元を緩めたときだった。

「やっぱり彼氏に会いに行くんじゃなーい！」

背後でマチの声がして、同時に電車のドアが閉まった。

ギョッとして振り返ると、小宮山の手を摑《つか》んだマチが梓馬の真後ろに立っている。

「おま……っ、電車逆方向だろう！　なんでこっちにいるんだ！」

「だってぇ、梓馬が初恋の相手の前でもじもじしてる姿とか想像つかないんだもん。一度くらい生で見たいじゃない？」

悪びれもせずろくでもないことを言うマチにさすがの梓馬も声を荒らげかけたが、梓馬が息を吸い込んだ一瞬の隙《すき》に二人の間に小宮山が小さな体を割り込ませてきた。

「ごめん梓馬君、マチは僕が責任もって次の駅で降ろすから！　変なことさせないから！」

童顔の小宮山が必死の形相でマチを庇《かば》うものだから、爆発しかけていた怒りは行き場を失って急速にしぼんでしまう。どう考えても小宮山に怒りをぶつけるのはお門違いだ。今日は小宮山が一緒だからマチも大人しく帰るだろうと油断していた自分も悪い。

小宮山の小さな体でマチを電車から引きずり降ろすのは不可能だろうと思いつつ、梓馬は肩を落として携帯に視線を落とした。

とりあえず、駅まで双葉に迎えに来てもらうのはやめた方がいい。マチに見つかると面倒だ。『夜も遅いので家で待っていてください』と送信すると、すぐに『ついでに買い物がある』と返信があった。

こう言われてしまうと梓馬も返事のしようがない。あまりむきになって『来なくていい』などと打ってしまうと、予想外に打たれ弱い双葉を落ち込ませかねなかった。

隣では、マチが小宮山に梓馬と双葉のなれそめを話している。と言っても、梓馬がマチに双葉のことを話したのは一度だけで、その後の展開についてはマチの想像だ。

「でね、梓馬ってば初めて本気で好きになった相手には全然手が出せないのよ。まだ何もしてないうちから、もう駄目だ、みたいな顔しちゃってさ。きっと今もほとんど仲が進展してないんじゃない？　今時中学生みたいな恋愛しちゃって似合わなーい！」

意外と現実に近いのが癪《しゃく》だが、梓馬は余計な口を挟まない。内心で、悪かったな、と低く毒づく。

マチの言う通り、双葉との仲はそう急速に進展しなかった。双葉が非常に晩生だったのと、梓馬自身がブレーキをかけていたからだ。

三ヶ月もつき合っておきながら未だに最後の一線を越えていないなんて、双葉に出会う以前の自分からは想像もつかないことだ。下手をしたら三ヶ月サイクルで恋人を変えていた時期すらあったのだから。

それなのに、双葉にだけは容易に手が出せない。自分の欲望を優先させるより、この関係を大事にしたいと思ってしまう。

双葉は梓馬がかなりルーズな恋愛遍歴を経てきたことを知っている。そんな男に好きだと言われたところで、当然すぐには信じられなかったことだろう。それでも梓馬の言葉を受け入れてくれて、信じようと努めてくれた。今も多分、必死で信じようとしてくれている。自分の過去を思い返せばそう簡単に信じられないのも無理はないと思うのに。

だからこそ、梓馬は双葉の気持ちを最優先にしたかった。双葉が芯《しん》から自分を信じてくれるまでは最後の一線を越えないと決めたのもそのためだ。

ただ、何をもってして信じてくれたと判断するかが悩ましいところではあるが。

（……そろそろこっちの理性が持たない気もする）

梓馬の溜息に合わせて電車が止まる。案の定、小宮山が押しても引いても泣きついても、マチを次の駅で降ろすことはできなかった。

結局双葉のアパートの最寄り駅まで梃子《てこ》でも動かず、小宮山の制止を振り切って梓馬と一緒に電車を降りたマチに梓馬は厳しい口調で繰り返した。

「いいか、絶対改札は出るなよ！　遠くから声もかけるなよ！」

「わかってるわよぉ。心配しなくても改札出たらお金かかるから出ないわよ」

もったいないじゃない、とカラリと笑うマチの隣では、小宮山が心底申し訳なさそうな顔で肩を窄《すぼ》めている。

ホームを出て改札に続く階段を下りていると、早速改札の向こうに双葉の姿を見つけた。手にはコンビニの袋をぶら下げていて、すでに買い物は済ませているらしい。

人ごみの中を歩く梓馬に気づいて双葉が軽く手を上げる。階段を下り切った梓馬は改札に向かい走り出そうとして、いきなり後ろから肩を摑まれた。

双葉に意識を集中させていた梓馬は簡単に体を反転させられ、首にマチの腕が絡みつく。またいつもの調子で絡んできたのかと思ったら、頰にマチの唇が押しつけられた。

マチの後ろに立っていた小宮山だけでなく、側《そば》を通り過ぎる通行人も唖然《あぜん》として二人を見ている。梓馬もわけがわからない。もともとマチはスキンシップが激しい方だが、キスまでしてくることは滅多にない。

なんのつもりで、と思うが早いか、背中が一気に総毛立った。ほんの数メートル先、背後には双葉が立っている。

振り返ると先程見たのと同じ場所に双葉は立っていて、でもその顔からは明らかに血の気が引いていた。

耳元でマチが笑い声を立てたのと、双葉が踵を返して走り出したのはどちらが先だったか。

梓馬は首に絡みつくマチの腕を勢いよく振り払った。

「お前、覚えてろよ！」

腹の底から響く声で叫んで、梓馬は全力で走り出す。背後でマチが「上手くいったらまた何かおごってねー！」と大声を張り上げ、その後ろで小宮山の「梓馬君、本当にごめん！」と半分泣き出しそうな声が混じって雑踏に溶ける。それを背中で受けて改札を飛び出した梓馬は、必死で双葉の姿を探した。さほど大きくもない駅の周囲は人通りもまばらだが、その分ちょっとした裏道もたくさんあって双葉の姿はもう見つけられない。

とりあえず、梓馬は双葉のアパートへ向かって走り出す。どこかで双葉と遭遇しないかと視線を配りながら走ったが、双葉のアパートの前までやってきてもその姿を見つけることはできなかった。息を切らしながら一応部屋の前まで行ってみたが、中からは明かりも漏れておらずまだ帰っていないようだ。

マチに怒りの矛先を向ける余裕もなく梓馬は再び走り出す。まだあまりこの辺りの地理には詳しくないので双葉の行きそうな場所など見当もつかない。闇雲《やみくも》に走り回っていると、双葉のアパートからさほど離れていない場所に小ぢんまりとした公園を見つけた。

もしやと思いまばらな外灯に照らし出される公園の中を覗いてみると、外灯の真下に置かれたベンチの上に、双葉が腰を下ろしていた。

見つけられた、という安堵《あんど》と、なんと説明したものか、という暗澹《あんたん》たる思いを同時に抱え、梓馬は双葉の元へ走り寄る。ベンチの側まで行くと、声をかける前に足音に気づいた双葉が顔を上げた。

もしかすると目も合わせてくれないのではないか、それどころか泣き腫《は》らした目をしているのではないかと危ぶんでいた梓馬だが、こちらを見上げた双葉はいつも通りの仏頂面で、口をへの字に結んで梓馬にコンビニ袋を突きつけてきた。

「飲むか」

思いの外落ち着いた声で尋ねられ、梓馬は袋の中を覗き込む。小さな袋に入っていたのは、たった二本の缶コーヒーだ。

まだ少し乱れた息の下で、買い物ってこれか、と梓馬は思う。

どう見ても、用もなく入ったコンビニでうろうろした挙げ句、レジに一番近い場所にあった商品を適当にカゴに入れたとしか思えないチョイスだ。買い物なんて口実で、ただ自分を迎えに来たかっただけではないかと梓馬でなくても疑いたくなる。

こんな状況でなければ問い詰めて困らせて抱きしめたいところだが、さすがに今はそんな余裕もなく梓馬は慌ただしく双葉の隣に腰を下ろした。

「無糖と微糖、どっちがいい」

座るなり口を開く間もなく尋ねられ、無視することもできず無糖と返す。双葉は黙って袋から無糖のコーヒーを取り出すと梓馬の膝の上に転がし、自分は微糖の栓《せん》を開けた。

外灯の下で見る双葉の顔はどこかぼんやりして、それが梓馬を不安にさせる。いつものように悪いことを考えすぎて諦めの境地に至ってしまったのだろうか。梓馬は焦って、手にした缶を強く握り締めた。

「先生、あの、さっきのは……、さっきのはですね……」

さっきのはゲイの友人だが特別な関係ではなく、キスをされたのもただふざけていただけだ、と口にしようとして、真実なのにやたら嘘臭く聞こえそうで梓馬はこめかみを引き攣《つ》らせる。もっとそれらしい嘘でもついた方がまだマシな気がして言葉を探していると、横から双葉がぽつりと呟いた。

「いい、わかってる。友達かなんかだろ、あの人。ふざけてただけだよな？」

期せずして真実を言い当てられた梓馬は目を見開き、勢いよく双葉に体を向けた。

「そうです！　……けど、信じてくれるんですか？」

「そうでなかったら、わざわざ全力で走って俺のこと探しに来ないだろ」

いつもの調子で双葉は呟く。やけに落ち着き払ったその態度に困惑しつつも、梓馬は双葉の横顔をジッと見た。

「でも、一度は俺から逃げたじゃないですか。何かよくない想像でもしたんでしょう？」

図星だったのか、双葉の横顔が強張る。唇が微かに動いて、小さく喉元が上下した。

いつもならそれきり口を閉ざしてしまうところだが、今日の双葉は目を伏せたままぼそぼそと何事か喋《しゃべ》り始めた。

「それは、まあ、一瞬は……やっぱり俺以外にもつき合ってる奴がいるのか、とか、やっぱり遊ばれてただけか、とか、思ったりもしたけど……」

「ち……違いますよ！　やっぱりってなんですか、やっぱりって！」

「だから、わかってる。ひとりでここに座ってる間に、考え直した……」

勢い込んだ梓馬に一瞥《いちべつ》をくれ、双葉は缶コーヒーに視線を落とした。眉間にはざっくりと皺が寄り、どうやら言葉を探しているらしい。双葉にしては珍しく、自分から何かを伝えようとしてくれているようだ。

缶の縁を親指で辿り、双葉はぽつぽつと喋り続ける。時々途切れてはまた再開するそれに、梓馬も黙って耳を傾ける。

「三ヶ月も一緒にいて、お前が……その……俺のことを大事にしてくれてるのは、わかる。からかってるだけにしちゃ真剣すぎるのも、わかってる。だから、俺とつき合ってるのが冗談じゃないんだろうってことくらいは、最近少し、わかってきた」

でも、と続きそうな双葉の言葉を遮って、梓馬は身を乗り出す。

「だけどまだ、完全には信じられないんですよね……？」

双葉は梓馬の胸元に視線を向け、でも梓馬の顔を見ることはせずに目を閉じた。重苦しい表情が浮かぶ横顔に、梓馬も一緒に眉を寄せる。自業自得とはいえ、双葉を不安にさせている自分が歯痒《はがゆ》かった。

　こんな自分にできるのは、やはり双葉が信じてくれるまで待つことだけだ。改めて自分に言い聞かせたところで、双葉が軽い溜息混じりに呟いた。

「そう簡単に信じられるわけないだろう。お前みたいな奴が本気で俺を好きになるなんて」

「……わかってます。俺の言うことなんてそう簡単に信じられないのは……」

「そっちじゃない」

　神妙な顔で頷いた梓馬を、双葉のきっぱりとした声が否定する。とっさには何を否定されたのかわからず言葉を切った梓馬に、双葉はますます眉を寄せた。

「信じられないのは、お前じゃない。俺が自分で、自分のことを信じられないだけだ」

　苦り切った顔で言って、双葉がようやく顔を上げる。睨《にら》むような目で見上げられ、怒っているわけではないと知りつつも何を言われるものかと息が詰まった。

「お前のことは信じてる。嘘を言ってるにしちゃあ必死すぎるし、優しすぎる。それぐらいわかってる。……そうじゃなくて、俺はお前に選ばれた自分のことが信じられない」

「それって、どういう……」

「だって、俺だぞ。この顔で、この性格で、なんで俺なんだよ？」

　半ば喧嘩《けんか》腰で詰問してくる双葉に気圧《けお》され、梓馬は幾度か目を瞬かせる。険しい顔でなんで俺なんだと繰り返されて、思いつくまま答えることしかできなかった。

「なんでって——……貴方《あなた》だからですよ」

気の利いた言い回しはとっさに出てこなかった。ただ、どうして双葉なのかと問われたら、双葉だからと答えるのが一番真実に近い。

目を見開いて口を噤《つぐ》んでしまった双葉を、梓馬はまじまじと見詰めて手を伸ばす。

「だって、いい顔してるじゃないですか。俺好きですよ、貴方の顔」

人差し指で頬に触れ、梓馬は頭に浮かぶ言葉を次々と口にする。

「嬉しいときに困った顔になるところも、恥ずかしいときに怒った顔になるところも好きです。たまにしか見せてくれない笑った顔も好きですけど。性格だって、真面目《まじめ》で一途《いちず》で、いいばっかりじゃないですか」

双葉の輪郭を指で辿りながら喋り続けていると、滑らかな頬が段々と赤くなってきた。

そういうわかりやすい反応をするところも好きですよ、と続ける前に、双葉が赤くなった顔を隠すように片手で顔を覆った。

「だから……っ、そういうのが信じられないんだよ……！　俺は自分で自分のことをそういうふうに思ったことはない！　いつも不機嫌顔で話が下手で扱いづらくて、そういう人間だと思ってるのに急にそんなこと言われても信じられるか！」

「それは結局俺の言うことが信じられないという……」

「だから——…っ…お前頭いいくせに頭悪いな！　お前にそう言ってもらえる自分が自分で

信じられないんだよ、自分に自信がないとでも言えばいいか！」

顔を覆っていない方の手で、ドッと双葉に胸を殴られた。

それでようやく、梓馬は双葉の抱えていた不安をおぼろに理解する。

不安の種は、梓馬が双葉に信じてもらえないのも仕方がないと思っていたのと同じ種類のものだ。その感情は相手が自分をどう思っているかというより、自分が自分をどう思っているかという方に強く根ざしている。

何やら勝手に勘違いして勝手に悩んでいたらしい双葉を梓馬は笑い飛ばすことができない。自分だってずっと同じような状況だったからだ。相手のことを信じる以前に、まず自分で自分を肯定することができなかった。

梓馬の唇から、ゆるゆるとした吐息が漏れた。ようやく何か理解した気分になって肩の先から力が抜ける。

思うにこれまでの自分は、双葉だったらどう思うかという想像に欠けていたのだ。

双葉の性格なら、相手がどんな過去を背負っていても、誠実に向き合えばいつか受け入れてくれる。それは生徒との接し方を見ていてもわかることなのに、いざ自分の身に置き換えてみると上手く想像ができなかった。過去を清算するのに必死で、双葉が実際何を考えているのかまで思いが巡らせられなかった。

梓馬は胸に押しつけられた双葉の拳《こぶし》にそっと手を重ねる。

いつか胸の奥で爆ぜた想いが、むせるほど甘い気配を漂わせて喉の奥まで一杯にする。声が震えてしまいそうだと思いながら、梓馬はゆっくりと双葉の手を握り締めた。

「……それでも俺、本当に貴方のことが好きですよ」

俯いて、双葉は何も言わない。髪の隙間から見える耳だけが赤い。

「他《ほか》につき合ってる人も、いませんから」

手の中の拳がピクリと震え、くぐもった声で双葉が何か言う。あまりに低いそれに梓馬は身を乗り出して耳を澄ませた。気の早い秋の虫の声にかき消されてしまいそうなその言葉を聞き取って、梓馬は小さく目を見開く。

「……でも、お前………最後まで、しないから――……」

双葉の拳が当てられた胸の下で、心臓が大きくひとつ跳ね上がった。心拍数が見る間に高まり、服の上からでも双葉の指先に伝わってしまいそうになる。

双葉の気持ちを優先しようとして一線を越えなかったのが逆に双葉を不安にさせていたことを知って自分を罵《ののし》りたい気持ちと、少なからず双葉も期待してくれていたのだという望外の喜びが入り混じって胸を塞《ふさ》ぐ。しばらくは声も出せず、梓馬は双葉の手を握る指先に力を込めた。

「だったら、今」

心臓はまだ肋骨《ろっこつ》の内側で暴れ回っている。双葉は一向に顔を上げない。

「今すぐ、アパートに戻りましょう」

余裕の欠片もない自分の声に秋の虫の声が重なる。双葉は俯いたまま、うっかりすると見逃してしまいそうなくらい小さく頷いて、手の中で温《ぬる》くなった缶コーヒーを飲んでいる余裕など、梓馬の中から完全に消えてなくなっていた。

＊＊＊

梓馬に手を引かれてアパートに戻ると、電気をつける間も与えられず部屋の奥へと連れ込まれベッドに押し倒された。自分もベッドに上がって服を脱ぎ始めた梓馬を見て、双葉は慌てて梓馬のジャケットの裾を引っ張る。

「梓馬……！　そんな、急に、無理しなくても……！」

シャワーも浴びずに梓馬に押し倒されるのなんて初めてで、自分の言葉が梓馬を不用意に急《せ》かしてしまったのではないかと焦る双葉の上で、梓馬は低い笑い声を立てる。

「どちらかというと、今までの方が無理をしてたんですよ」

まだ暗がりに目が慣れていないおかげで、カーテンの隙間から漏れる光だけでは梓馬の表情はよく見えない。目を凝らそうとすると、察したのか梓馬が顔を近づけてきた。

「これでも相当我慢してたんですからね……？」

互いの鼻も触れそうな距離で梓馬が目を細める。唇を吐息が掠め双葉の肌がさざめいた。何度回数を重ねても、キスをする直前は期待と緊張で声が出なくなる。梓馬もそれを知っているのか、最初のキスはことさら慎重に触れてくる。何度か表面を掠めるようなキスをして、ようやく唇が深く絡まる。

「ん――……」

角度を変えて深く唇を咬《か》み合わせながら、梓馬は器用にジャケットを脱いだ。舌先で唇を舐《な》められ、薄く開くと舌が忍び込んで歯列をくすぐられる。誘われて追いかければ逃げられて、焦れて鼻を鳴らすとあやすように深く舌を差し入れられた。

そうやって双葉がキスに夢中になっている間に、梓馬はあっという間に自分のシャツのボタンを外して床に落としてしまう。深いキスの合間に息継ぎをしようと口を離せば、その隙に双葉の着ていたTシャツも頭から脱がされ、ジーンズのフロントホックに指がかかる。腰を引く動きを封じるようにまた唇が重なって、いつも双葉は気恥ずかしさを感じる暇もなく梓馬に服を剝《は》ぎ取られてしまうのだった。

どれだけの場数を踏んだらこれだけスマートに相手の服を脱がせられるのだろうと酸欠気味の頭で考える間に、自分だけでなく梓馬もすべて服を脱ぎ落としている。素肌の胸に抱き寄せられれば、他愛のない疑問は心地のよい体温にすっかり溶けてなくなっていた。

剝き出しの背中に指を這わされ、双葉の背中が大きくしなる。初めて体を重ねたときからそうだったが、梓馬はとにかく双葉の肌に触りたがった。最初はくすぐったいと思っていたそれが、ずるずると体の奥から官能を引きずり出すようになったのはいつの頃からだろう。

「あ……梓馬、くすぐったい……っ」

内股《うちまた》を撫《な》で上げられ、上ずった声を上げてしまったのをごまかしたくて抗議すると、暗がりの中で梓馬が小さく笑った。

「くすぐったいだけですか？」

「そ……そうだっ……て……」

梓馬の手が足のつけ根に近づくにつれて自然と息が上がってしまう。指先はきわどいところを掠めて腰骨に至り、唇の端から漏れそうになる焦れた吐息を双葉は噛み殺した。

梓馬の指先は双葉の性感帯のありかを知り尽くしているくせに、わざとなかなか触れてこようとしない。だからこそ、時々いたずらに触れられると体が過敏に反応してしまう。

「あっ……！」

今も胸の突起を指先が掠め、それだけで双葉の体が跳ね上がる。けれどすぐに指は離れ、決定的な刺激には至らない。代わりに首筋に顔を埋《うず》められ、耳の裏にきついキスをされた。

体が密着し、すでに双葉の体の中心で隆起しているものが互いの腹の間で擦れる。

「ん……んっ……」

もどかしい刺激ばかりが積み重なって、双葉の漏らす息はどんどん熱くなる。触って欲しい、と思うが、面と向かってそれを口にするにはまだ理性も羞恥も溶け切っていない。せめて切れ切れに梓馬の名前を呼ぶのが精一杯だ。

「それ、いつもずるいと思うんですけどね」

双葉の耳朶《じだ》を口に含んで梓馬が囁く。耳に吹き込まれる甘い声と不規則な舌の動きに身を震わせ、何がずるいと双葉は眉根を寄せた。

梓馬は身を起こすと、すでに息を乱している双葉を見下ろし弱り顔で笑った。

「そういう声で名前を呼ばれると、なんでもしてあげたくなっちゃうじゃないですか」

震える息を吐く双葉の唇に軽いキスを落とし、梓馬は身を乗り出してベッドと壁の間に手を差し入れた。

そこに何があるかわかっている双葉は頬をうっすらと赤く染める。部屋の隅にひっそりと隠されているのは、梓馬がこの部屋に持ち込んだローションだ。普段目につく場所に置いておくのは憚《はばか》られてベッドの下に押し込んでいるのだが、後にその隠し場所を知った梓馬は「中学生みたいですね」とおかしそうに笑った。

暗がりの中でローションのボトルを開けた梓馬が、掌《てのひら》の上に中身を垂らす。大分闇に目が慣れてきていた双葉はその様を見ていられず頬を枕《まくら》に押しつけた。梓馬と体を重ねるときは、どうしても気恥ずかしさが先に立ってしまう。

「……っ……ん……」

掌で温められたローションが、屹立《きつりつ》したものにとろりと垂らされる。期待に心臓が一回り大きくなったような気がして、双葉は体の脇《わき》できつくシーツを握り締めた。

梓馬の濡れた指先が動く。だがそれは双葉の望んだ場所には触れず、柔らかく双球を辿って体の奥まった場所に滑り込んできた。

「えっ……あず……っ」

いつもとは違う触れ方をしてくる梓馬に双葉はうろたえた声を上げた。普段ならば梓馬はまず痛いくらい張り詰めたものを慰めてくれるのに、いきなり後ろに触れられたのは初めてだ。

「あ、梓馬……？」

状況が摑めずまごついている間に膝を立てさせられ、大きく脚を開かされてしまった。指先がゆっくりと内側に入り込んできて、双葉は喉を引き攣らせる。

「そんなにびっくりした顔をしなくても……」

梓馬が苦笑混じりに言って身を倒してくる。互いの胸が重なり合うくらい顔を近づけた梓馬は、唇の先でひそひそと囁いた。

「先生、随分後ろも感じるようになってきたでしょう……？」

梓馬の言葉に前回の醜態が蘇る。最初は雄と同時に刺激されていたものの、途中からは後ろだけでさんざんに乱され梓馬の指だけで達してしまった。思い出しただけで火がついたように体が熱くなり、ブワッと全身の毛穴が開く。

「そ、それ……っ、それは――……っ！」

それは違うと言いたいところだが何も違わないので言葉にならない。真っ赤になった双葉をあやすように梓馬が額に唇を押し当ててくる。

「いつもと少し順番が違っても、すぐいつも通り気持ちよくなりますよ」

こんなときなのに、歯切れのいい梓馬の声は無駄に安心感がある。暗がりの中に優し気な笑みが浮かび上がり、双葉はおずおずと体から力を抜いた。

喋っている間も少しずつ指先が奥に入っていって、双葉は小さく睫《まつげ》を震わせた。いつもは快感の波に揉《も》まれてわけがわからなくなっているときに受け入れることが多いので、今日はやけに感覚が鋭敏な気がする。

「あ……っ」

長い指の節が入口を押し開く。そうされながら鎖骨に軽く歯を立てられて、双葉の口から心許ない声が漏れた。慌てて唇を噛むと、梓馬が視線だけ上げて目を細めた。

「声、聞かせてくれないんですか？」

「ば、馬鹿……野郎の喘《あえ》ぎ声なんて……」

「俺は好きですけどね、先生の声。こういうときは普段より少し高くなって、鼻にかかった感じが色っぽくて」

「おま……黙ってろ！」

気恥ずかしさについ声を荒らげると、梓馬は喉の奥で低く笑ってもう一度双葉の鎖骨を甘噛みした。声こそなんとか殺せたものの、体は無意識に梓馬の指を締めつける。痛みはなく、硬い指の感触に腰骨の奥がジワリと熱くなる。

最早梓馬の指に慣らされてしまった体は、一本くらいでは痛みも違和感も訴えない。むしろその先にある快感を知っているだけに自然と期待で腰が揺れてしまう。

じっくりと後ろを穿《うが》たれながら、熱射病のようだと双葉は思う。肌の内側に熱がこもって頭の芯が霞《かす》んでいる。放熱を求めて体が焦れる。

ぼんやりとした快楽ばかり与えられ足の裏でもどかしくシーツを掻《か》くと、それまで鎖骨に寄せられていた梓馬の唇が移動した。その唇がどこに行くのか察するより早く、入口にもう一本指が添えられる。一瞬意識がぶれて、だから胸の突起を口に含まれ軽く吸い上げられたのは不意打ちに近く、声を殺すことができなかった。

「あっ……ん！」

さほど強い力で吸われたわけではなかったのに、大きく腰が跳ね上がった。それまでわざと性感帯を避けるように触れられ続けていた体は些細《ささい》な刺激にも敏感で、先端を唇で挟まれているだけで見る間に腰に血が集まってしまう。

「や、やめろって……！　あず…っ…ぁっ！」

制止の声に返ってきたのは密やかな笑い声だけで、梓馬は止めるどころか尖《とが》った先を熱い舌先で押し潰《つぶ》してくる。同時に指も二本に増え、双葉は両手で自身の顔を覆った。

「あっ、あぁ……っ、や——……っ」

胸の突起を繰り返し舐めたり吸われたりされながら、二本の指が濡れた隘路《あいろ》を出入りする。室内に粘着質な水音が響き、否応もなく卑猥な気分を煽られた。恥ずかしくてたまらないのに体温は上昇する一方だ。掌の下で双葉はきつく両目を瞑《つぶ》った。

「ひ…っ…あ、あ…っ…梓馬……ぁっ……」

深々と奥まで咥《くわ》え込まされた指をぐるりと回され、胸の先端を舌先で何度も転がされる。それでいて、梓馬は勃《た》ち上がった双葉の雄には触れてこない。決定打にならない快感ばかり与えられ、体の内側に溜《た》まっていく重苦しい熱に双葉は喘いだ。もっとちゃんと触って欲しいと、その一言が言えずに手の下で唇を噛み締める。

「んん、ん——……っ」

内側をゆっくりと押し上げられ、肌が粟立《あわだ》つ。腰骨が溶けて砕けてしまいそうだ。絶頂に至れそうで至れないもどかしさに、双葉の目元にジワリと涙が浮かぶ。呼吸さえも引き攣れてしまいそうになったとき、顔を覆う手を梓馬に優しく引き剝がされた。

ほとんど自重で顔に乗せていただけだった双葉の手は簡単にどけられて、上から梓馬に顔を覗き込まれる。ぼやけた視界の中、梓馬が眉尻《まゆじり》を下げて笑った。

「どうしてそう、可愛い顔ほど隠したがるんですかね？」

反射的に、双葉の頭には反論の言葉ばかりが湧き上がる。

何が可愛いだ、絶対ひどい顔をしているに決まっている、見るな、とよっぽど言ってやりたかったが、結局双葉はしゃくり上げることしかできない。

梓馬が首を伸ばして双葉の目元に唇を寄せてくる。可愛い、と繰り返し囁かれると、そんなわけがないと思う頑《かたく》な心ごと耳から溶かされ、唇も無防備にほころんでしまう。

「あ……あぁ…っ…や…ぁ…」

頬や瞼《まぶた》にキスをされながらぐずぐずに蕩《とろ》けた内側をかき回されると、唇から滴るような甘い声が漏れた。たまらなくなってシーツを握り締めていた指を解き梓馬の首に腕を回すと、機嫌のいい猫のように梓馬が低く喉を鳴らしてくる。顔中にキスをされ、目を上げると整った顔を惜し気もなく崩して笑う梓馬と視線が交差した。

潤んだ視界の中、どうしてそんなに幸せそうな顔を、と思う間もなく指が引き抜かれた。膝の下に腕を入れられ、両脚を抱え上げられ双葉は息を呑《の》む。

ここから先のことは双葉には何もわからない。あれほど先に進みたいと思っていたはずなのに事ここにきて怯《ひる》んでしまいそうになる自分を叱咤《しった》し、双葉は梓馬の首に回した腕に力を込めた。

「無理をするようなことではないので、できないと思ったらすぐ言ってくださいね……？」

言いながら、梓馬が切っ先を入口に当ててくる。グッと圧がかかって呼吸すら止めてしまった双葉の唇に、梓馬が掠めるようなキスをした。

「……一度できなかったからといって諦めるわけもないので、ゆっくりいきましょう」

もしも双葉が弱音を吐いて途中でやめることになっても次がある、と言外に匂《にお》わせて梓馬は笑う。一体どれだけの経験を積むとここまで落ち着いていられるのだと場違いに感心して、双葉はわずかに体の力を抜き頷いた。

目元を和らげた梓馬が双葉の唇に柔らかなキスを落とす。触れるだけのキスを繰り返しながら、熱い切っ先がゆっくりと内側に潜り込んできた。

「ん……っ」

「痛みますか……?」

唇を吐息が撫で、双葉は微かに首を左右に振った。圧迫感はあるが痛みはほとんどない。ただ、熱く滾《たぎ》ったものが侵入してくる未知の感覚に圧倒されるばかりだ。

「は……っ、あ、ぁ……っ」

薄く開いた唇に梓馬は何度もキスをする。小鳥が果実を啄《ついば》むように、角度を変えては軽く触れ、すぐに離れる。強く押しつけることも、まして舌を絡ませることもない。

表面を掠めるだけのキスに、段々と焦れてきたのは双葉の方だ。それでもやっぱりもっと深くキスをして欲しいとは言えず、梓馬の首を引き寄せ無言で涙目を向ける。

暗がりの中で、梓馬が微かに笑う気配がした。

「……そうやって言葉にしないでお願いするの、本当にずるいですよ」

それ以前に無言の要求を理解できてしまう梓馬の洞察力が凄い、と内心双葉は思う。今だって梓馬は双葉の望みを正しく悟って、深く咬み合わせるようなキスをしてくる。

「ん――……」

待ち望んでいた濃厚なキスに、双葉の背筋が震え上がる。内側に呑み込んだ梓馬自身も締めつけてしまい、その熱さと硬さに下半身が蕩けてしまいそうになった。

「んっ、んん……」

肉厚な舌に舌を搦《から》め捕《と》られ、表となく裏となく舐め回される。途中で小さく腰を揺らされて双葉の爪先《つまさき》が丸くなった。体の奥からじわじわと染み出てくる甘い疼《うず》きがなんなのか上手く理解できない。下から緩く突き上げられながら舌を舐められると、体の内側がすべて梓馬で満たされた気分になって息が止まりそうになった。苦痛を感じているわけではないはずなのに涙までにじんできて、双葉はギュッと固く両目を瞑る。

「……辛いですか?」

キスの合間も双葉の表情の変化をきちんと見ていたのか、唇を離した梓馬が低く尋ねてくる。さすがに息が乱れ始めている梓馬にまた胸を締めつけられて、双葉は首を横に振った。

「無理してませんか? 痛みは……?」

掠れた梓馬の声と、内側で存在を主張する熱に双葉は息を詰まらせる。

自分相手でもちゃんと梓馬の体が反応していると思うと胸が一杯になった。大きく息を吸い込むと、泣き出す直前のように呼吸が痙攣《けいれん》するくらいに。でもそれを言葉にして伝えるのは難しい。語彙も少なければ表情も乏しい自分には上手く表現する自信もない。かといって黙っていると、梓馬が心配して腰を引いてしまいそうだ。

伝えたい、と双葉は思う。どうせ自分の本心など相手には伝わらないと諦め、周りが勘違いするに任せてきた双葉に初めて自ら歩み寄ってきてくれた梓馬だから、今度は自分からきちんと伝えたい。そのために今日だって勇気を振り絞って梓馬を夕食に誘ったのだし、駅前でとんでもない光景を目撃したときも自暴自棄にならずに梓馬を信じようと努めることができたのだ。

伝えたい。でも言葉にするのは難しい。キャラじゃない、と笑い飛ばされたり怪訝《けげん》な顔をされたりしたらと思うと声は喉の奥に引っ込んでしまう。

双葉は梓馬の首に回していた腕を解くと、両手で梓馬の頬を包んだ。

視線が絡む。きっと自分は今も不機嫌と紙一重の顔をしている。けれど梓馬は目を逸《そ》らさない。真剣な顔で、双葉の表情の変化を見逃すまいと見詰め返してくる。

双葉は小さく息を吸い込んだ。

（辛くない。嬉しい。…………好きだ）

言葉の代わりに想いを込めて、梓馬の唇にキスをした。

触れるだけのキスで、どこまで想いは伝わっただろう。自分からキスをするのは初めてで、タイミングも何もよくわからない。後ろ頭を枕に戻しておずおずと梓馬を見上げると、大きく目を見開いた梓馬と視線が交わった。

そんなに驚かれるようなことをしただろうかとこちらが目を瞠るほどの表情だ。それだけ双葉が梓馬の前で受け身を貫いてきたことを本人は自覚していない。

戸惑う双葉をよそに梓馬は奥歯を嚙み締めると、身を屈《かが》めて双葉の耳元で低く囁いた。

「……とんでもない不意打ちを……」

「え……な、何……?」

「——……知りませんよ?」

やたらと不穏な台詞に、何が、と問い返そうとした双葉だが叶わなかった。それまでまったく触れてこなかった体の中心に、前触れもなく梓馬が指を絡ませてきたからだ。

「あっ！　あず……っ、ま……あぁっ……！」

焦らしに焦らされていただけに体は顕著に反応する。強すぎる快感に体がついていかずに梓馬を押し止めようとするが、後から後から溢《あふ》れてくる甘い悲鳴に溶け崩されて言葉はほとんど意味をなさなかった。

「や、あっ、ん……あぁ…っ…！」

ローションで濡れた手で前を扱《しご》かれ、同時に腰を揺らされる。貫かれる痛みなど待ち侘《わ》びて与えられる快感がした。大きな掌で緩急つけて擦られて目の前が白くなる。歯の根が合わないくらい、たまらなく気持ちがいい。

「……どっちが気持ちいいですか？」

弾んだ息の下から梓馬が尋ねてくる。当然答える余裕もなく、訊《き》くなとばかり双葉が首を横に振ると梓馬の口元に悪戯めいた笑みが浮かんだ。

「じゃあ、こっちだけだとどうです……？」

屹立を握っていた梓馬の手がふいに離れる。身を焼くような快感がいきなり消失し、あっと短い悲鳴を上げた双葉の脚を抱え直すと、梓馬は本格的に腰を使い始めた。

「ひっ、あ、あぁっ……！」

硬い切っ先で柔らかな肉を抉《えぐ》られて、双葉は大きく背中を仰《の》け反らせる。予想だにしていなかった快楽に体が跳ね上がり、内股が痙攣するように震え出す。

「いや、あ、あぁ……っ」

「こっちもちゃんと感じるんですね……？」

「ばっ……やめ、やだ……ぁっ……！」

荒い息の下に梓馬の密やかな笑い声が混じる。深々と貫かれたと思ったら今度はわざとゆっくりとした動きで中を探られ、双葉は涙混じりの声を上げた。雄を擦られていたときとは違う、どこからにじみ出してくるのかわからないこの曖昧《あいまい》な快感はなんだろう。それでいて、突き上げられるたびに体感したこともない高みにある絶頂に追い上げられそうになる。

「ひ……ん、や、やだ、やだっ……て…っ…あ、んっ……」

繰り返し揺さぶられながら双葉が嫌々と首を振ると、耳朶に梓馬が唇を這わせてくる。

「……気持ちよくないですか？」

囁きながら梓馬が双葉の雄に指先で触れてくる。先端からとろとろと先走りが滴るそこは梓馬に触られていたとき以上に張り詰めていて双葉は唇を噛み締めた。言葉で答えるまでもない。

「ん、んぅ……ん……っ」

必死で声を殺してみても、鼻から抜ける喘ぎの甘さは隠しきれない。赤く潤んだ内側を繰り返し揺すり上げられ、どんどん快楽の深みに落ちていく。喉の奥から、もっと、とねだる言葉が溢れてしまいそうで、双葉は喉を仰け反らせた。

梓馬が体を倒して、山形になった双葉の喉にきついキスをする。痕《あと》が残る、と思ったのは一瞬で、すぐに梓馬が前より深く腰を進めてきてまともな思考など崩れ落ちた。

「あっ、あんっ、や……あぁ——……っ」

自分のものとは思えないくらい甘ったるい声が唇から溢れる。梓馬が体を倒したおかげで、互いの腹の間で双葉の雄が擦られる。挿入は前より一層深くなり、双葉は梓馬の首にすがり

ついた。

「あ、あぁ……梓馬……梓馬――……っ」

すぐ側で聞こえる梓馬の呼吸が荒くなる。獣のようだ。明るい日差しの下で快活に笑う梓馬からは想像もつかない。その息遣いにすら興奮する。体がどんどん熱くなる。

一際大きな動きで腰を突き入れられ、双葉は梓馬の首の後ろに爪《つめ》を立てた。

もっと、と思う。もっと深く、もっと奥まで。

でも口にはできないから、梓馬の首を強く抱き寄せてその耳元に唇を寄せた。梓馬がいつも自分にするように、耳朶に軽く歯を立てる。

「……っ」

梓馬が息を呑む気配がして、勢いよく奥まで貫かれた。

「あぁ――……っ」

歓喜で背中が震え上がった。熱く滾ったものを最奥まで咥え込まされ声も出ない。体が大きくしなって、腰の奥が焼けつくほどに熱くなる。荒い呼吸を繰り返しながら手加減なしで梓馬に腰を突き入れられると体中のネジが弾《はじ》け飛んでしまいそうだった。

「あ、あっ、や、あぁ――…っ…！」

「嫌、なんて……自分で煽っておいて…っ…」

梓馬の声にも余裕がない。耳慣れない、咎《とが》めるような口調に体の芯が蕩けてしまう。

深々と梓馬を呑み込んだ状態で大きく腰を回されて、双葉は極限まで体を強張らせた。内側にあるものを締めつけると、その熱や硬さがより鮮明になる。抉られて、息が止まるほどの快感に声が途切れた。目を見開いているのに視界に何も映らなくなる。

「あ、あぁ——……っ！」

目の前で火花が散って、耐えきれずに互いの腹の間で欲望が弾けた。ほとんど時を同じくして、梓馬も低く呻《うめ》いて奥深いところに飛沫《ひまつ》を叩きつける。

「あ……っ……」

挿入されたまま迎える絶頂は長く、内側を濡らされる感触にさえ体が震えた。

力尽きた体の上に、梓馬がゆっくりと体重を預けてくる。心地よい重みにとろりと目を閉じかけると、耳元で梓馬が呟いた。

「……本当に、たまらなく好きです」

静かな声は、けれど万感の想いが込められていて、双葉の耳がジワリと熱くなる。双葉は少し迷ってから、俺も、と答える代わりに梓馬の後ろ頭をそっと撫でた。

伝わればいい、と思いながら。いつかは自分も梓馬のように、きちんと想いを言葉にしようと心に決めて。

今は言葉の代わりに精一杯の想いを込めて、梓馬の髪に唇を寄せた。

＊＊＊

ようやく夏が終わったと思ったら、涼しい秋を満喫する間もなくあっという間に冬が来てしまった。最近春と秋が随分短くなったように感じる。

段々と日も短くなり、夜の七時を過ぎると校内は真っ暗だ。人気のない廊下は昼間以上に冷え冷えとしている。

土曜日だというのにこんな時間まで仕事にかかりきりだった梓馬は、職員室からＬＬ教室の準備室へ向かう途中で凝り固まった肩を大きく回す。途中、携帯が着信を告げて確認すると、マチからメールが届いていた。

『彼氏と上手いことといったんでしょ？　早く何かおごってよね！』

すでに何通目になるかわからない催促のメールを眺め、とりあえず今日は無理だと携帯をポケットに戻した。マチが双葉の前でキスなんてしてきたおかげで二人の仲が急速に進展したのは事実だが、それを素直に認めるのはなんとなく癪だ。顔を見たら礼を言うより先に、上手くいかなかったらどうするつもりだったのだと襟首を締め上げてしまう危険性もある。

とりあえずマチのことは頭の脇に押しのけ、準備室の扉をノックする。いつものように低い返事があり扉を開けると、室内では双葉が長机に膨大な量の資料を並べて書き物をしていた。梓馬に気づくと、さすがに少し疲れた表情で軽く片手を上げてくる。

「もうそっちの仕事は終わったのか?」

「一応一段落つきました。先生はどうです? 何か手伝いましょうか?」

資料に目を落としながら、いや、と双葉は緩慢に首を振る。疲弊した顔をしているくせになかなか弱音を吐いてくれない双葉に苦笑して、梓馬は双葉の向かいの席に腰を下ろした。

「だったら、甘いものでもどうですか? 食事の前なので軽く」

腕を伸ばし、双葉の前に飴玉《あめだま》を置く。白い包みに苺《いちご》の柄がプリントされたそれをちらりと見て、双葉は片方の眉を上げた。以前にも双葉に差し入れたことのある苺ミルクの飴だ。

「……また買ってきたのか?」

「はい。あ、他の種類がよかったですか?」

双葉はペンを机に置くと、飴の包みを剥がしながら首を横に振った。

「いや……苺は、好きだ……」

ですよね、と梓馬は満面の笑みで頷く。双葉はそんな梓馬を横目で見て少し居心地悪そうに口元を動かしたが、結局何も言わずに飴玉を口に放り込んだ。

口の中でコロコロと飴を転がす双葉は、最近めっきり「キャラじゃないだろう」と言わなくなった。代わりに少しずつ、梓馬の前で素の部分を出してくれる。

以前は甘いものを口に含んでもほとんど表情を変えなかったのが近頃少し目元をほころば

せるようになったし、外を一緒に歩いていると街中にあるペットショップの前で立ち止まってみたりする。

それからもうひとつ、最近の双葉は自分から梓馬を食事やデートに誘ってくれる。デートといっても書店だったりコーヒーショップだったり大した場所ではないのだが、梓馬が誘ってばかりだった頃と比べれば大きな進歩だ。今日だって、これから梓馬の部屋で食事をすることになっている。これまた珍しく双葉の方から『俺、お前の部屋に行ったことない』などとぼそりと呟いたものだから一も二もなく部屋に招くことになった。

梓馬は普段あまり自炊をしないので、作れるものといったら茹《ゆ》でて和えるだけの簡単なパスタと切って盛るだけのサラダ、それから湯で溶かすだけのインスタントスープくらいだ。それでも双葉のために、あれを作ろう、あれも出そう、などと暇さえあれば考えている自分に呆《あき》れ混じりの笑みがこぼれる。

去年の今頃は、たったひとりの人間にこんなにも骨抜きにされてしまうなんて思ってもいなかった。けれどそれ以上に、誰かひとりに夢中になることがこんなにも幸福なことだとは知らずにいた。

いつまでもからころと口の中で飴を舐め溶かしている双葉を眺めていると、自分が飴を舐めているわけでもないのに胸の奥から甘い気配が押し寄せてくる。甘いものは苦手なはずなのにそれはまったく不快でなく、無自覚に目元と口元を緩ませて梓馬は呟いた。

「双葉先生、好きですよ」

わざと普段は滅多に呼ばない下の名前で呼んでやると、資料に目を通していた双葉の目が止まった。視線をこちらに向けないまま、耳元だけがじんわりと赤くなる。

「……仕事の邪魔するなら出てけ」

「先生の顔を見ていたら言わずにいられなかったんです」

どんなに怖い顔をされても耳を赤くされたら怖さ半減だなぁ、と思いつつ双葉の反応を見守っていると、双葉はしかめっ面を浮かべたままペンの後ろでゴリゴリと眉間を掻いた。

「言わなくていい。…………言われなくても知ってる」

「はい、すみま……えっ？」

いつもの調子で謝ろうとして、梓馬は思わず身を乗り出した。かつてない切り返しに唖然として双葉の顔を凝視すると、双葉は競馬で全財産すった人間もかくやという顔つきで目を閉じ、ペンの後ろを眉間に押しつけ黙り込んでしまった。恐らく自分で言って自分で照れて、とんでもなく後悔している真っ最中なのだろう。

「先生、今の……」

「うるさい。黙れ、仕事の邪魔だ」

「たまには俺も好きって言って欲しいです」

好きだと言って欲しい、なんて、これまでの人生で一度も相手にねだったことはなかった。

ねだるようなものではないと思っていたし、それこそ言われなくてもわかっていたからだ。

けれどこのときはするりとそんな台詞が口を衝《つ》いて出た。たとえわかっていることでも双葉にだったら何度でも言って欲しいと、ごく素直に思えたせいかもしれない。

双葉は凶悪な面相で梓馬を一瞥すると、側にいる梓馬ですら聞き逃しそうな低い声で一言返した。

「………後でな」

言ってくれるのか、と思ったら椅子から腰を浮かせそうになった。双葉は梓馬のことを好いてくれている態度こそまったく隠せていないが、それを言葉にすることはほとんどなかったので梓馬が驚愕《きょうがく》するのも当然だ。

(後でって、家で？　食事の後？　酔った勢いなら言えるとか、そういうことか？　しまった、もっと甘い酒用意しておけばよかった、足りるか……⁉)

本気で歯嚙みをした挙げ句、期待に心臓をどきつかせている自分に気づいて梓馬は慌てて椅子に座り直した。天井を見上げ、こんな姿をマチに見られたら格好のからかいの的だと嘆息する。こんなのちっとも自分らしくない。

『さんざんえげつない恋愛してきたくせに今更純愛ぶるとか似合わない！』とマチがけたたましく笑う姿まで目に浮かび、梓馬は昔のかさぶたでも引っかかれた気分でちらりと苦い笑みをこぼした。

「……それじゃ、俺先に職員室に戻ってるんで、帰り際に声かけてもらえますか?」

これ以上双葉の仕事の邪魔をするのも悪いと思い、椅子から立ち上がりながら声をかける。そのまま部屋を出ようとしたら、後ろから双葉に呼び止められた。

「梓馬、あのな」

明らかに何か言いかけて途切れた言葉に、部屋の入口で梓馬は振り返る。双葉は梓馬の方を見ておらず、けれど手元の資料にも視線を向けず、なぜか梓馬の立つ位置とは反対側にある窓の向こうを見ていた。

「もう少しで、俺の仕事も終わる。だから……」

ブラインドの下がった窓の外は夜に塗り潰されて何も見えないはずなのに、双葉はジッと窓の方を向いて動かない。髪の隙間から見える耳は、真っ赤だ。

「……終わるまで、もう少し、ここに……」

時計の針の音にすらかき消されてしまいそうな、心細げで小さな声だった。

梓馬はしばしその場で棒立ちになる。もしかすると、今自分は双葉に引き止められているのだろうか。双葉の部屋に泊まった翌日ですら引き止められたことなどないのでとっさには信じられない。

呆然《ぼうぜん》としつつも双葉の赤い耳を見ていたら、自分の耳までじわじわと赤くなってきた。

もう少し側にいて欲しい、と言われている。たったそれだけのことで、こんなに心が浮き立つことを梓馬は知らなかった。

しばらく何も言えずにいたら、プルプルと双葉の肩が震え始めた。またしてもとんでもなく照れて後悔しているのだろう。これ以上黙っていると久々に双葉の『どうせキャラじゃないって言いたいんだろう！』という逆ギレ気味の怒声が飛び出しそうで、梓馬は開きかけていた扉をもう一度閉めた。

「では、ありがたくそうさせてもらいます」

隠しようもなく、声に嬉しさがにじんでしまった。

梓馬こそ、こんなのは自分のキャラじゃないと思う。でもそれも、悪くはない。

今なら双葉のつむじにキスをするくらい許されるかな、と頭の片隅で考え、梓馬は耳を赤くしたままいつまでもこちらを振り返らない双葉の元に歩み寄った。

あとがき

高校時代はクラス替えをするたびに顔見知りがひとりもいないクラスに放り込まれてきた海野です、こんにちは。

一年から二年に上がるときは「こんなこともあるさ」と頑張って新しい友達を作ったものですが、二年から三年に上がったときも教室内に顔見知りがいなかったときは新しい人間関係を構築することを放棄しました。おかげで高校三年時の記憶がほとんどありません。お弁当の時間とかひとりでどうやって過ごしていたんでしょうか。

高校三年のイベントで唯一覚えているのは合唱祭です。作中に出てくる高校と同じく私の通っていた学校も合唱祭に非常に力を入れており、夜遅くまで校内に残って歌の練習をしていたことを思い出します。お腹が減るので近所のコンビニでおやつを買って、外が真っ暗になるまでパート練習に勤しんでと、なかなか楽しかった気がするのですが、やっぱりその間もクラスメイトたちと楽しくお喋りした記憶がありません。というか当時のクラスメイトの顔がひとりも思い出せません。一年と二年のクラスメイトなら思い出せるのに。

などとしょっぱい思い出を披露してしまいましたが、高校を舞台にした今回のお話はいかがだったでしょうか。双葉にしろ梓馬にしろ、自分が通っていた高校の先生たちを思い出しながら書いていたので個人的にはとても楽しかったです。チョークで服が汚れるのが嫌だから授業中常に白衣を着ていた先生も、ＬＬ教室の準備室をひとりで占拠していた先生も、私が通っていた高校に実際にいた人たちです。

それにしても今回も挿絵が素晴らしいですね！　ラフで拝見した双葉の目つきの悪さと梓馬の爽やかイケメンっぷりに私は漏れ出るニヤケを抑えることができませんでした。こんな先生がいたら高校時代もっと勉強頑張れた気がする！　そんな思いをたぎらせてくれるイラストを担当してくださった木下けい子様、本当にありがとうございます。

そして末尾になりますが、この本を手に取ってくださった読者の皆様、ありがとうございます。少しでも楽しんでいただけましたら、これ以上の幸いはありません。

それではまた、どこかで皆様とお会いできることを祈って。

海野　幸

海野幸先生、木下けい子先生へのお便り、
本作品に関するご意見、ご感想などは
〒101-8405
東京都千代田区三崎町2-18-11
二見書房　シャレード文庫
「強面の純情と腹黒の初恋」係まで。

本作品は書き下ろしです

CHARADE BUNKO

強面《こわもて》の純情《じゅんじょう》と腹黒《はらぐろ》の初恋《はつこい》

【著者】海野幸《うみのさち》

【発行所】株式会社二見書房
東京都千代田区三崎町2-18-11
電話　03(3515)2311[営業]
　　　03(3515)2314[編集]
振替　00170-4-2639
【印刷】株式会社堀内印刷所
【製本】ナショナル製本協同組合

落丁・乱丁本はお取り替えいたします。
定価は、カバーに表示してあります。

ISBN978-4-576-14050-6

http://charade.futami.co.jp/

シャレードレーベル20周年記念小冊子
応募者全員サービス

「シャレード」は1994年に雑誌を創刊し、今年でレーベル20周年。
これを記念しまして、これまでの人気作品の番外編が読める
書き下ろし小冊子応募者全員サービスを実施いたします。

［執筆予定著者（50音順）］

海野幸／早乙女彩乃／高遠琉加／谷崎泉／中原一也／花川戸菖蒲／椹野道流／矢城米花

どしどしご応募ください☆

◆応募方法◆ 郵便局に備えつけの「払込取扱票」に、下記の必要事項をご記入の上、800円をお振込みください。

◎**口座番号：**00100-9-54728

◎**加入者名：**株式会社二見書房

◎**金額：**800円

◎**通信欄：**
20周年小冊子係
住所・氏名・電話番号

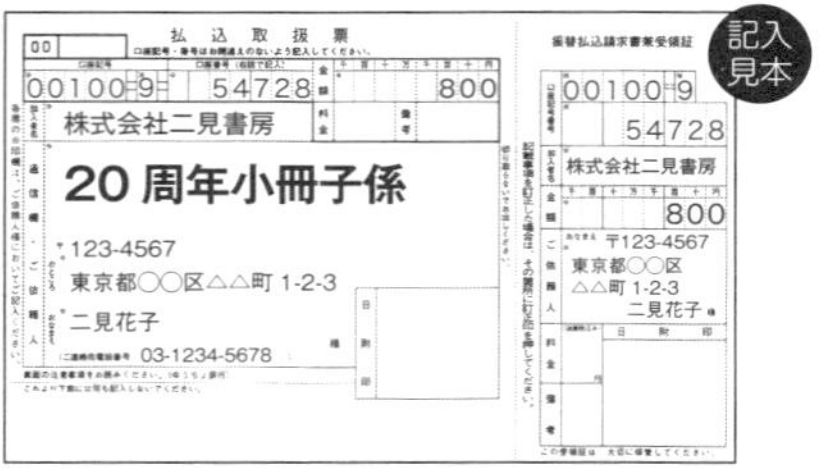

◆注意事項◆

●**通信欄の「住所、氏名、電話番号」はお届け先になりますので、はっきりとご記入ください。**

●**通信欄に「20周年小冊子係」と明記されていないものは無効となります。ご注意ください。**

●控えは小冊子到着まで保管してください。控えがない場合、お問い合わせにお答えできないことがあります。

●発送は日本国内に限らせていただきます。

●お申し込みはお一人様3口までとさせていただきます。

●2口の場合は1,600円を、3口の場合は2,400円をお振込みください。

●通帳から直接ご入金されますと住所（お届け先）が弊社へ通知されませんので、必ず払込取扱票を使用してください（払込取扱票を使用した通帳からのご入金については郵便局にてお問い合わせください）。

●記入漏れや振込み金額が足りない場合、商品をお送りすることはできません。また金額以上でも代金はご返却できません。

◆締め切り◆ **2014年6月30日（月）**

◆発送予定◆ **2014年8月末日以降**

◆お問い合わせ◆ 03-3515-2314　シャレード編集部